LE DESTIN D'ALAÏS

L'auteur

Évelyne Brisou-Pellen a fait des études de lettres modernes.
À ce jour, elle a écrit environ 130 textes pour la jeunesse.
Si elle puise parfois son inspiration dans sa région natale,
la Bretagne, elle aime également situer l'action de ses romans
dans des temps reculés ou dans des pays éloignés ;
dans des mondes réalistes, ou bien fantastiques...

Du même auteur, chez Pocket Jeunesse :

La maison aux 52 portes
Himalaya, l'enfance d'un chef
Deux ombres sur le pont
Romulus et Rémus, les fils de la louve

Dans la collection
LES PROTÉGÉES DE L'EMPEREUR

1 - *Meurtre au palais*

Évelyne BRISOU-PELLEN

LES PROTÉGÉES DE L'EMPEREUR

Le destin d'Alaïs

POCKET
jeunesse

Loi n° 49-956 du 16 juillet 1949 sur les publications
destinées à la jeunesse : octobre 2007.

ISBN 978-2-266-17386-5

Aix-la-Chapelle, mai 804

1

Le parchemin

Assise sur les marches de bois de sa maison, Alaïs leva subitement les yeux de son livre. Une silhouette en robe longue traversait la cour à grands pas. Pourquoi avait-elle attiré son regard alors que, depuis deux jours, le palais était envahi d'invités ? Tous les hauts dignitaires de l'empire étaient arrivés pour l'assemblée d'été, chacun avec son escorte, ses serviteurs, ses notaires, ses cuisiniers, ses chariots, ses chevaux…

Mais l'homme à la robe couleur de nuit n'avait rien à voir avec eux. Il était l'astrologue personnel de l'empereur. Alaïs le suivit des yeux.

L'avait-il senti ? Le vieil homme tourna la tête et, croisant son regard, il s'arrêta net, comme pétrifié. Puis il se reprit et poursuivit sa route sans un mot. Cependant ses pas étaient hésitants.

Il n'en fit pas plus de trois et s'immobilisa de nouveau. Là, il changea de direction d'un air résolu et s'approcha de la jeune fille.

— Damoiselle Alaïs… allez-vous bien ?

Sa question n'avait visiblement rien à voir avec la simple politesse. Alaïs hocha la tête avant de s'informer avec appréhension :

— Voyez-vous un problème ?

— … Non. Rien… Toutefois soyez prudente.

Puis, comme surpris par ses propres paroles, il eut un sourire embarrassé et repartit à grandes enjambées.

Alaïs sentit son cœur se serrer. Ça n'allait pas recommencer ! Deux ans auparavant, elle avait failli être enlevée par les indépendantistes de Bavière qui voulaient la mettre sur le trône mais, aujourd'hui, ils avaient renoncé. Du moins elle le croyait. Car ils savaient que, même si elle était l'unique héritière de l'ancien duc Tassilon, elle refuserait de ranimer la guerre pour reprendre la Bavière !

Elle regarda autour d'elle avec crainte. Personne ou presque au palais ne connaissait sa véritable identité. Un nouveau danger la menaçait-il malgré tout ? Elle vit l'astrologue s'arrêter devant le passage voûté qui menait au palais intérieur et parler à Loup. Ça l'oppressa. Était-il question d'elle ?

L'astrologue à peine disparu sous le porche, elle traversa la cour.

Loup était occupé à gratter du bout du doigt le pied de la statue de l'ancien roi Théodoric, mais elle n'y prêta pas attention. Elle demanda :

— Que t'a dit l'astrologue ?

Le garçon, qui ne l'avait pas entendue arriver, sursauta. Il la fixa un instant de ses grands yeux noirs et bredouilla :

— Euh… rien.

— Ne mens pas, Loup ! Que t'a-t-il raconté ?

Il secoua sa chevelure sombre et soupira. Il n'avait jamais rien pu cacher à Alaïs.

— Euh… Il m'a demandé de veiller sur toi.

— Il t'a dit pourquoi ?

— Non. (Loup la regarda d'un air soucieux.) Tu crois que tu cours un danger ?

— Je ne vois pas comment ni pourquoi. J'ai l'impression qu'il devient un peu gâteux.

— Espérons que c'est la raison, parce que je ne pourrais rien faire. Je pars avec l'escorte des missi dominici [1].

— Tu pars ? s'ébahit Alaïs, catastrophée.

Ainsi, le père de Loup n'avait pas cédé à ses suppliques, il l'envoyait au monastère ! Ils en avaient parlé si souvent qu'elle préféra ne pas

1. « Les envoyés du seigneur », c'est-à-dire de l'empereur (ici, Charlemagne).

remuer le fer dans la plaie et se contenta de s'informer :

— Quels missi ?

— Le comte Évrard et l'abbé Baudouin. Tu les connais ?

— Non. Mais si l'empereur les a choisis, tu peux avoir confiance.

Loup et elle avaient passé deux ans ensemble à l'école du palais et avaient partagé de terribles moments. Elle mesura soudain combien il lui manquerait. Et juste au moment où l'astrologue voyait sur elle une menace !

Loup continuait à gratter à petits coups d'ongle sous le pied de la statue, tentant apparemment d'attraper quelque chose de blanc qui dépassait. Il ajouta d'une voix monocorde, destinée à dissimuler son désespoir :

— Finalement, c'est l'abbaye de Jumièges qui a été choisie.

— Et quand partez-vous ?

— Dès que l'astrologue aura déterminé le jour favorable. Le territoire assigné aux missi commence à Valenciennes. On avancera assez vite jusque-là, puis on ira plus lentement, le temps qu'ils effectuent leurs inspections. Remarque bien que je ne suis pas pressé d'arriver.

— Le territoire qu'ils doivent contrôler va jusqu'à Jumièges ?

— Même au-delà. Jusqu'à la mer… (Il gratta plus fort.) Regarde ça, on dirait un bout de parchemin… L'abbé Baudouin m'a demandé de lui servir de notaire pendant le voyage, ça me fera une distraction. Et s'il est content de moi, peut-être qu'il me choisira pour d'autres missions !

— Ce serait formidable ! s'exclama Alaïs.

Mais elle en eut mal au cœur. Dire que le seul espoir de Loup était maintenant de sortir de temps en temps de son abbaye !

— Ça vient, souffla-t-il, mettant toute son attention dans son opération. Tiens, qu'est-ce que je disais ?

Il souleva triomphalement entre le pouce et l'index un morceau de parchemin de la taille d'une paume.

— Il devait être coincé là depuis un moment, l'encre est à moitié délavée. (Il lut.) Oh oh ! Écoute ça : « Si… partages les sentiments… pour toi, viens avec moi. Malgré… danger, je t'attendr… orée de la forêt jus… … nuit. » (Il pouffa.) Quel danger ? Il a peur tout seul dans le noir ?

Alaïs regarda le pied de la statue d'un œil intrigué. Le billet n'avait sûrement pas atterri là par accident ! Loup poursuivait :

— « Mais quand… portes du palais… …, je serai obligé de partir. »

— Récapitulons : « Si tu partages les sentiments que j'ai pour toi, viens avec moi. Malgré le danger, je t'attendrai à l'orée de la forêt jusqu'à la nuit. Mais quand les portes du palais… »

— … « se fermeront, proposa Loup, je serai obligé de partir ». Je serais curieux de savoir qui a écrit ça !

— À mon avis, c'est Grifon. Je reconnais sa plume.

— Grifon ? s'amusa Loup. Il est amoureux ?

— *Était*, vu l'état de l'encre. Et à condition qu'il ait rédigé ce message en son nom propre. Pour moi, ça ne lui ressemble pas. On y parle de quitter le palais, et je ne le vois pas envisager pareille aventure. Il tient trop à sa fonction ici.

— « Notaire particulier de l'empereur », prononça Loup avec une emphase gentiment moqueuse. Tu crois qu'il aurait noté ça sous la dictée ?

— Après tout, c'est son métier.

— Et qui l'aurait dicté ?

— Mystère. Je me demande surtout ce que ce parchemin faisait là. Car, de toute évidence, on l'y a caché.

Loup enroulait d'un air distrait une de ses boucles noires autour de son doigt. Enfin, il haussa les épaules et glissa le message dans sa ceinture en imitant la voix de Grifon :

— « Je suis tenu par le secret professionnel »… On n'arrivera jamais à savoir qui a écrit ça à qui. C'est énervant.

— Péché de curiosité, le taquina Alaïs.

Tout en plaisantant sur les possibles protagonistes de cette affaire, ils se dirigèrent vers le chemin de ronde. En ce moment, de là-haut, la vue était très distrayante : un immense camp de toile avait été monté au pied des remparts pour loger les participants de la grande assemblée annuelle. Car ni le palais ni la ville d'Aix-la-Chapelle n'y suffisaient. Rien que les comtes étaient trois cents (autant que de comtés dans l'empire). S'y ajoutaient les abbés, les évêques et les innombrables domestiques sans lesquels les uns et les autres ne pouvaient décemment se déplacer.

Alaïs parcourut des yeux le chatoyant spectacle des tentes multicolores. Elle aurait tant aimé y voir…

Mais il n'était pas venu. Les comtes qui gardaient les frontières maritimes menacées par les hommes du Nord [1] étaient exceptionnellement dispensés de se présenter à l'assemblée et, malheureusement, Willi était l'un d'eux.

Car Willi avait été nommé comte. Dans quelle partie de l'empire ? Alaïs n'avait jamais pu le savoir. En tout cas, il n'était pas venu l'an passé

1. On les appela par la suite Vikings.

et, cette année, elle ne le verrait pas non plus. Elle sentit le désespoir la gagner. Elle craignait que bientôt il ne soit trop tard.

Peut-être était-il déjà trop tard.

Elle prit une profonde inspiration pour lutter contre la douleur qui montait. Depuis deux ans que Willi était parti, elle avait compté chaque jour. Et aujourd'hui, après les paroles de l'astrologue, son absence lui semblait encore plus insupportable, car lorsqu'il était près d'elle, elle n'avait plus peur de rien.

Loup la tira de ses pensées en ressortant le parchemin de sa ceinture :

— J'aimerais résoudre cette énigme avant de partir. Tu crois qu'on pourrait avoir Grifon par surprise, qu'il nous avoue le fin mot de l'affaire ?

— Il faudrait être très fort.

— Ce n'est peut-être pas secret, insista Loup.

— *Tout* ce qu'écrit un notaire est secret. (Alaïs eut une mimique amusée.) Mais on ne risque rien à essayer, n'est-ce pas ?

2

La traîtrise de Grifon

Ils s'engageaient sous le porche menant au palais intérieur, quand ils entendirent un galop sous la voûte. Ils n'eurent que le temps de s'écarter. Un cheval monté par un jeune cavalier déboucha en trombe, traversa la cour sans ralentir et disparut par la porte des remparts. Naturellement, c'était Hunold !

— Celui-là, grogna Loup, il ne sera content que lorsqu'il aura tué quelqu'un ! Et dire que je vais devoir le supporter pendant le voyage !

— Il part avec les missi ?

— Il rentre chez lui et profite de leur escorte jusqu'à Amiens.

— Eh bien, en voilà un que je ne regretterai pas, remarqua Alaïs.

Sous le passage voûté, ils prirent la galerie de droite et gagnèrent la chapelle.

Les voûtes bruissaient aujourd'hui de visiteurs qui admiraient à voix haute les bronzes et les ors. Ils s'inclinèrent au passage devant l'autel et ressortirent de l'autre côté, dans le bâtiment de l'administration.

Le nez couvert de taches de rousseur se leva à leur entrée dans la salle des archives, et le jeune notaire gratta sa tignasse blonde en s'informant sur le ton de la plaisanterie :

— Que me vaut l'honneur de votre visite, damoiseau et damoiselle ?

Il en profita pour se lever de son pupitre et s'étirer un peu.

— Ça, déclara Loup en lui mettant le parchemin sous le nez.

Grifon regarda la feuille d'un air intrigué puis, subitement, jeta un regard effaré vers Alaïs. Elle n'y prêta pas vraiment attention et commenta :

— À la bonne heure, tu vois de quoi il s'agit.

— Euh… pas du tout.

— Arrête, Grifon. Tu as reconnu ce billet, je le sais.

— Bon, soupira le notaire. D'accord, je l'ai reconnu.

Loup lui saisit le bras.

— Pour qui l'as-tu écrit ?

— Alors ça, mes agneaux, ça ne vous regarde pas.

Et il éclata de rire.

Il appartenait à la classe des serviteurs et n'avait pas à s'adresser sur ce ton à de jeunes seigneurs, mais ils se connaissaient depuis trop longtemps et avaient vécu trop de choses ensemble pour s'en tenir aux usages. Loup insista :

— Tu peux nous raconter, maintenant, c'est vieux…

— Vieux ou pas, je suis tenu au secret. Que diriez-vous si je révélais les vôtres ?

— Pfff, souffla Loup, je n'en ai pas.

— Tout le monde en a. Des choses qu'on ne dit à personne.

Loup grimaça. Lui se révoltait parfois contre Dieu à qui il devrait sacrifier sa vie, et il aurait eu honte que ça se sache. Il s'enquit :

— C'est une femme qui t'a commandé ce billet ?

— Non, c'est… Je suis tenu au secret.

— Donc un homme, conclut Alaïs.

— Arrêtez de me pousser à la faute, vous ne saurez rien.

Grifon se rassit et reprit sa plume d'un air déterminé. Loup scruta de nouveau le parchemin.

— Le petit gribouillage à demi effacé, en bas, on dirait un *V*. C'est la signature ?

— Je ne répondrai même pas sous la torture, chantonna le notaire.

Alaïs fixa le parchemin d'un air interloqué, puis l'arracha des mains de Loup. Un *V*...

Les noms commençant par *V* étaient très rares. En revanche, les *W*...

W !

Le regard que lui avait lancé Grifon en reconnaissant le parchemin prenait soudain tout son sens. Elle se sentit défaillir.

— Grifon... Ce message... était adressé... à moi ?

Le notaire plongea le nez dans son travail.

— Et il émanait de Willi ?

Le notaire fit semblant d'être très concentré. Elle s'approcha de lui et souleva le bras qui tenait la plume.

— Réponds-moi ! Qu'est-ce qu'il faisait sous le pied de la statue ?

Loup l'arrêta :

— Mais c'est impossible, Willi sait écrire, il n'aurait pas eu besoin de Grifon.

Un instant déconcertée, Alaïs examina de nouveau le billet. « Si tu partages les sentiments que j'ai pour toi, viens avec moi ».

— Réponds-moi, Grifon. Ce message m'était-il destiné ?

— Bon... Oui.

— Et… Willi a finalement renoncé à me le donner ?

— Euh… non. C'est moi.

— Quoi ? Explique-toi, tu veux ?

— C'est que… Willi m'avait demandé de vous l'écrire parce qu'il n'en avait pas le temps. Charles [1] lui avait ordonné de partir sur-le-champ, et sans rien dire à personne. Il n'a pu que seller son cheval. Moi, je suis allé faire signer son diplôme de comte au chancelier, je le lui ai apporté, et il a quitté immédiatement le palais.

Alaïs le considérait avec stupéfaction. Elle se rappelait cette scène. Depuis la salle de classe, elle avait vu Grifon remettre un rouleau de parchemin à Willi, et celui-ci s'en aller comme à regret, en levant la main en signe d'adieu. Le notaire conclut :

— C'est là qu'il m'a prié de rédiger ce billet pour vous.

— Et tu ne me l'as pas donné ! souffla Alaïs, bouleversée.

Grifon baissa les yeux et déclara d'un ton néanmoins très net :

— Charles avait interdit à Willi de parler à qui que ce soit. Il enfreignait les ordres en me demandant d'écrire ce message, et moi en l'écrivant. Aussi j'ai décidé de ne pas vous le donner.

1. Charlemagne.

— Tu m'as trahie !

— Non ! C'était pour vous éviter une douleur inutile. Vous ne pouviez pas quitter le palais sans l'autorisation de l'empereur, et…

— De la douleur, de la peine, de la détresse, tu ne crois pas que j'en aie eu ? J'ai cru que Willi était parti sans un mot. Tu te rends compte de ce que tu as fait ? Tu as gâché ma vie !

— Gâché votre vie, n'exagérons rien. Il y en a d'autres, des garçons !

Alaïs le regarda fixement. Les autres, elle s'en moquait. Seul Willi comptait.

— Tu n'avais pas à décider pour moi !

Grifon secoua la tête.

— Bon… peut-être… Ça m'a tourmenté, c'est sûr, mais que faire d'autre ? L'autorisation de partir, Charles ne vous l'aurait jamais donnée, vous le savez.

Il la regarda sans rien ajouter. Alaïs connaissait parfaitement la raison pour laquelle elle ne pouvait pas quitter le palais : loin d'ici, elle devenait une proie facile et constituait un risque pour l'empire. Cependant Loup – comme presque tous ici – l'ignorait. Et devait continuer à l'ignorer. Aussi Grifon ne précisa rien et reprit :

— Pour tout vous dire, j'ai écrit le billet et je me suis dirigé vers votre maison pour vous le remettre. Je vous ai aperçue près des écuries. Je crois que vous veniez de comprendre que Willi était parti pour de bon. Et là, j'ai vu l'empereur dans la cour et j'ai réalisé que ce message ne vous ferait que du mal. Je me trouvais près de la statue de Théodoric, j'ai glissé le parchemin dessous.

Loup protesta :

— C'est surtout Willi que ce billet mettait en danger ! Et pourquoi penses-tu que Charles n'aurait pas laissé partir Alaïs ?

Il y eut un court silence que la jeune fille rompit rapidement :

— Oui, qu'est-ce que tu en sais ? Si Willi avait demandé à m'épouser, Charles aurait pu accepter.

Elle affronta le notaire du regard, et il baissa les yeux.

— Excuse-nous un instant, dit-elle à Loup.

Elle attrapa Grifon par le bras et l'entraîna vers le chauffoir.

— Me marier à un homme sûr est pour Charles une bonne solution, chuchota-t-elle. Et il considère Willi comme un homme sûr, puisqu'il lui a confié un comté.

— Peut-être, grommela Grifon en fixant le manteau de la cheminée. Mais si vous aviez demandé à partir, ça aurait pu vous coûter la vie.

Plusieurs conseillers étaient partisans de vous tuer. C'est Charles qui n'a pas voulu.

Alaïs le contempla avec stupeur.

— Me tuer…

— Vous êtes un vrai danger, Alaïs.

— Je ne suis *pas* un danger ! Jamais je ne me servirai de ma véritable identité pour nuire à l'empire !

Grifon hocha la tête.

— Je le sais. Charles aussi le sait. Mais on ne peut pas empêcher les autres d'avoir peur.

Alaïs serra son front dans ses mains et ferma les yeux. La douleur la suffoquait.

— Où ? demanda-t-elle. Où Willi a-t-il été envoyé ?

— En Neustrie.

Elle rouvrit les yeux :

— Ça, tout le monde le sait. Mais la Neustrie occupe tout le nord de la Gaule. Alors où, en Neustrie ?

Grifon se gratta le crâne d'un air embarrassé.

— Je n'ai pas le droit de le dire.

— Pas le droit ? Le lieu où se trouve Willi n'est quand même pas un secret !

— Eh bien, si. S'il a dû partir si vite et sans un mot, c'est qu'on lui confiait le comté convoité par quelqu'un d'autre.

— Par qui ?

— Hunold. Charles ne l'aime pas, vous le savez, et comme il ne voulait pas de problèmes, il a fait semblant de ne pas connaître ses projets.

Alaïs contempla un instant le notaire, puis lui saisit le bras et martela :

— Grifon, dis-moi où se trouve ce comté.

— Je suis désolé. Je suis réellement désolé, mais je suis tenu au secret.

Alaïs lui jeta un regard plein de colère et quitta la pièce sans se retourner.

Grifon poussa un soupir. Il aimait bien Alaïs et il n'était plus vraiment sûr d'avoir fait le bon choix. En plus, il avait fourni lui-même les verges pour se faire battre, puisque, au lieu de brûler ou de regratter le parchemin comme il l'aurait dû, il l'avait caché dans le premier endroit venu, sous le pied de la statue…

Il était pourtant conscient que quelqu'un pouvait le retrouver un jour !

Oui… Et, finalement, c'était peut-être ce qu'il souhaitait. Qu'on le retrouve un jour. Histoire de soulager sa conscience, de ne pas passer à ses propres yeux pour un affreux traître.

3

Celui qui sait

Alaïs fila vers l'esplanade de la piscine. C'est là que se tenait l'assemblée car, malgré son immensité, la halle de réception n'avait pas la capacité d'accueillir tous les participants.

— Le foin sera bientôt coupé, déclarait l'empereur à l'instant où elle arrivait, nous aurons de quoi nourrir les chevaux jusqu'en septembre. Cependant, nous pouvons être contraints de rester plus longtemps. Prévoyez donc tout ce qu'il faut pour hiverner là-bas. Des outils, de la nourriture, des armes et des vêtements pour six mois.

Alaïs s'immobilisa derrière la foule. Qu'était-elle en train de faire ? La préoccupation de Charles était, pour l'heure, d'obtenir l'accord de ses hauts dignitaires sur sa nouvelle expédition guerrière et ses nouvelles lois. Il se moquait bien de ses problèmes et de son envie de savoir quel comté il avait confié à Willi !

Elle se laissa glisser le long du mur. « Je t'attendrai à l'orée de la forêt jusqu'à la nuit. Mais quand les portes du palais se fermeront, je serai obligé de partir. »

Willi avait écrit ça. Willi l'aimait. Willi lui avait demandé de partir avec lui !

Et il s'imaginait qu'elle avait refusé, qu'elle avait préféré le confort du palais à l'incertitude des lointaines contrées. Préféré le confort du palais à la vie avec lui !

L'empereur poursuivait :

— Que les comtes s'assurent que chaque homme partant pour l'ost [1] possède une lance, un bouclier, un arc avec une corde de rechange et douze flèches.

Alaïs entendait ses oreilles bourdonner. Willi était persuadé qu'elle l'avait méprisé. Elle voyait avec une netteté prodigieuse son visage, sa main qui se levait comme pour un adieu, une main qui tenait le diplôme de comte que Grifon venait de lui remettre ! Elle comprenait enfin le sens de cette scène qu'elle avait tant de fois revue en pensée. Cette main qui se levait n'était pas un adieu, elle voulait attirer son attention.

Willi était… Willi avait… La douleur lui déchira le cœur.

1. Armée. Guerre.

Elle pensa subitement à Rothilde. La fille de l'empereur était son amie, elle pourrait peut-être obtenir de Charles qu'il lui dise où il avait envoyé Willi.

Alaïs se redressa brusquement. Elle avait mieux ! Elle savait par qui elle aurait le renseignement !

Les seigneurs étant tous à l'assemblée et les serviteurs dans leur campement, la cour extérieure était relativement calme. Alaïs n'eut aucun mal à repérer celui qu'elle cherchait. Il regardait travailler les ouvriers de l'atelier de menuiserie, ce qui ne lui ressemblait guère. Elle s'approcha d'un pas nonchalant.

Les menuisiers construisaient un orgue sur le modèle de celui que les Byzantins avaient apporté dans leurs bagages à leur précédente visite, avec des tuyaux d'airain et des soufflets en peau de taureau. Elle s'enquit :

— Tu t'intéresses à la musique, Hunold ?

— Je m'en moque. Seulement, un instrument comme celui-là, ça impressionnera les bouseux arriérés des campagnes. Je vais dire à mon père d'en faire venir un.

— Je suppose aussi que tu en mettras un chez toi quand l'empereur te confiera un comté.

— Exactement. Et cela ne saurait tarder… (Il la regarda soudain avec attention.) Dis donc, tu es devenue plutôt mignonne. Si je t'épousais ?

Alaïs haussa les sourcils, puis elle choisit le ton de la plaisanterie :

— C'est nouveau, ça ! Tu ne t'es jamais intéressé à moi. Si nous étions faits pour nous entendre, tu t'en serais aperçu avant.

— *Intéresser…* ! se moqua Hunold. Je me fiche pas mal de toi, je veux juste dire que tu es assez décorative pour ne pas déparer ma maison.

— Je te remercie pour ta galanterie. Mais quel comté voudrais-tu obtenir ?

— Ah, ça t'intéresse, hein ! Un grand et beau, figure-toi. Cela t'amuserait d'y régner avec moi ?

Il insistait. Il n'aurait plus manqué qu'il la demande en mariage, et que Charles accepte ! Alaïs continua à prendre la chose à la légère :

— Je n'ai aucune fortune, je ne serais pas digne d'un personnage de ton importance, surtout dans un comté de rêve. Lequel est-ce ?

Hunold se rengorgea :

— Lillebonne. Je régnerai sur un territoire qui va de Rouen jusqu'à la mer.

Le cœur d'Alaïs bondit. Willi était à Lillebonne ! Pour confirmation, elle s'informa :

— C'est ce comté-là que tu veux depuis toujours ?

— C'est celui-là. Je me suis renseigné, tu penses. La région est fertile et riche, on peut s'y faire beaucoup d'argent.

Il n'y avait donc pas d'erreur, il parlait bien du comté que Charles avait donné à Willi. Elle s'étonna :

— Et la place de comte y est vacante ?

— Il y a un vieux qui va sûrement bientôt mourir.

Le « vieux » était mort depuis plus de deux ans, et Hunold n'en savait rien. Et il ne savait pas davantage que le comté avait été réattribué.

Lillebonne !

Alaïs sentit l'excitation la gagner. Lillebonne se trouvait près de Rouen, à l'intérieur du territoire que les missi dominici auraient à contrôler ! Et ils passeraient par l'abbaye de Jumièges… Jumièges où avait été enfermé son oncle Tassilon de Bavière, où il était mort. C'était un signe ! Elle devait trouver une excuse pour accompagner les missi.

Épouser Hunold aurait été une solution, mais il n'en était évidemment pas question.

Loup ! Il fallait qu'elle lui parle ! Elle le chercha des yeux et l'aperçut en grande conversation avec une jeune fille très jolie qu'elle ne connaissait pas.

4

La charmante

Loup parlait en latin, ce qui signifiait que la jeune fille ne maîtrisait pas le francique[1]. Sans doute était-elle de langue romane. Alaïs jugea qu'elle avait à peu près son âge – une quinzaine d'années – cependant elle était plus grande, avec un teint de nacre et un visage plein. Les cheveux qui s'échappaient de son élégant voile de soie étaient presque aussi blonds que les siens, mais plus lisses et moins épais. Elle s'approcha et se présenta :

— Bonjour, je m'appelle Alaïs. Tu viens d'arriver au palais ?

La jeune fille la toisa d'un air choqué et répondit sèchement :

— Tu n'as pas à adresser la parole à une fille de comte.

1. Ancêtre de l'allemand, qu'on parlait à la cour de Charlemagne. Le roman, lui, est l'ancêtre du français.

Il y eut un silence interloqué, puis Loup fit remarquer :

— Alaïs aussi est fille de comte. Et d'une noblesse largement égale à la tienne.

Supérieure, même, mais Loup l'ignorait. La fille n'eut pas un sourire ni un geste d'excuse. Elle redressa la tête d'un air prétentieux :

— Mon père est Rigulf, le comte le plus important de Neustrie.

Le mot « Neustrie », bien entendu, frappa Alaïs, mais elle se serait sentie ridicule à demander si la jeune fille connaissait Willi. La région était immense. Loup expliqua :

— Le comte Rigulf accompagne l'empereur dans sa campagne de Saxe, et Richeut rentre chez elle avec la même escorte que moi.

Richeut prit un visage aimable pour minauder :

— Charles me confie à ses missi dominici. Il ne voudrait pas qu'il m'arrive quelque chose.

Elle avait parlé plus fort, visiblement pour être entendue des jeunes gens qui s'approchaient. C'étaient Florus, Éric et Thierri. Du coup, Alaïs les regarda vraiment. Pendant toutes ces années passées avec eux à l'école, elle ne s'était pas rendu compte qu'ils avaient changé. Bien sûr, elle les savait plus raisonnables, moins portés sur les bêtises, mais ils étaient aussi devenus adultes.

De vrais jeunes seigneurs. Elle comprenait que Richeut veuille briller à leurs yeux. Celle-ci poursuivait :

— L'empereur envoie ses missi dominici inspecter le pays jusqu'aux côtes de Neustrie pour s'assurer de la fidélité de ses sujets, parce qu'une grave menace plane sur l'empire à cause d'hommes qui viennent du Nord et qu'on appelle Nordmann. C'est ce qu'il m'a confié.

Charles ne lui avait certainement rien « confié » (elle avait dû surprendre une conversation) et tout le monde ici savait ce qu'étaient les Normands. Néanmoins, aucun des garçons ne fit de réflexion – ce qui prouvait qu'ils s'étaient bel et bien civilisés. Alaïs se demanda si Hunold avait pensé à cela : les riches côtes qu'il convoitait étaient aujourd'hui menacées par les pillards.

Loup les informa :

— Vous savez que je pars ?

— On a su… Nous aussi, on s'en va. On a fini nos études.

— Pas avec brio, reconnut Fleurus, mais enfin c'est fait.

Ils rirent tous.

— Vous avez de la chance de voir le monde, soupira Alaïs, je partirais bien aussi.

— Tu manquerais à ce palais, commenta Éric avec amabilité.

— Et puis Charles ne laisserait sûrement pas partir son interprète préférée, ajouta Thierri.

Oui, ils avaient bien changé... Alaïs saisit le regard mauvais que lui lançait Richeut – celui d'une séductrice à une rivale, et ça l'amusa. Puis l'inquiétude la reprit. Charles la laisserait-il quitter le palais ?

Les garçons annoncèrent qu'ils devaient faire galoper leurs chevaux et s'éloignèrent vers les écuries. Alaïs en aurait bien profité pour laisser tomber la mijaurée, mais celle-ci représentait peut-être une chance pour elle. Elle fit un effort sur elle-même :

— Loup et Hunold partent avec les missi, tu n'auras donc que des hommes pour compagnie, cela ne te dérange pas ?

— Au contraire, tout le monde sera à mon service.

— Ah ! Tu aimes avoir les hommes à tes pieds ?

Richeut eut un sourire narquois.

— Je suis très jolie, non ? Une belle femme peut s'attendre à des égards.

Bon. Inutile de compter sur l'intervention de cette petite prétentieuse et, d'ailleurs, Alaïs n'avait aucune envie de lui devoir quoi que ce soit. Il lui faudrait trouver un autre moyen pour accompagner la troupe.

— Regardez ce drôle qui me fait des signes, s'exclama Richeut d'un air méprisant. Quel impertinent !

Alaïs se retourna. Grifon s'agitait à la porte du bureau des poids et mesure. Seulement, c'était à elle qu'il faisait signe.

Ça tombait bien, parce qu'elle aussi avait à lui parler. Plantant là la charmante damoiselle, elle traversa les jardins.

5

Les remords de Grifon

— Grifon, Willi est à Lillebonne, n'est-ce pas ?

Le visage du jeune notaire se tordit en une de ces expressions dont il avait le secret et qu'Alaïs interpréta comme un oui. D'ailleurs, elle en était déjà certaine. Il ajouta :

— J'ai des choses à vous dire.

— Si c'est pour t'excuser, ce n'est plus la peine. Inutile de perdre du temps en lamentations, il faut agir. (Elle pointa sur Grifon un index menaçant.) Et, cette fois, tu ne m'empêcheras pas de partir !

Le jeune notaire lui attrapa le doigt sans façon et, reculant, l'attira dans la pièce.

À l'intérieur, il n'y avait personne. Dans des niches du mur étaient rangés des poids, des pots pour mesurer les contenances, des barres métalliques pour les longueurs, bref les objets servant d'étalon pour la totalité de l'empire.

— Qu'est-ce qu'il y a? fit Alaïs, à la fois intriguée et méfiante.

— Le bibliothécaire part aussi, souffla Grifon comme s'il divulguait un important secret.

— Grand bien lui fasse. Et cela te paraît digne d'intérêt?

— C'est que… quand je dis « il part », je veux dire « il doit partir ».

— Arrête tes mystères, Grifon, tu m'agaces.

Le nez constellé de taches de rousseur se plissa en une nouvelle grimace, narquoise celle-là.

— D'après l'ordre que j'ai recopié, les missi vont contrôler les défenses de la côte. L'abbé Baudouin et le comte Évrard sont des spécialistes de la défense.

— Oui… ?

— C'est pour cela qu'ils ont été choisis. Bien que tous deux soient d'Austrasie[1].

Il se tut, comme si tout était dit. Intriguée par cet étrange commentaire, Alaïs insista:

— Et… ?

— Ils sont austrasiens, ils ne parlent pas roman.

1. L'Est de l'empire, où l'on parle francique.

— Tu veux dire, réalisa Alaïs avec un vague espoir, que le bibliothécaire les accompagne en tant qu'interprète ?

— Vous connaissez sa soif d'honneurs. Mais je lui ai fait remarquer que, s'il quittait le palais, il ne serait plus chaque jour sous les yeux de Charles, qui risquait alors de l'oublier. Déjà que l'empereur ne cherche qu'une occasion pour l'écarter...

Les yeux d'Alaïs se faisaient de plus en plus petits. Elle souffla :

— Et alors ?

— Alors figurez-vous que notre cher bibliothécaire – allez savoir pourquoi – s'est trouvé subitement très malade. Il est alité et il délire.

Alaïs considéra le notaire sans un mot, le cœur battant, craignant de n'avoir pas tout saisi. Mais Grifon ne disait plus rien, le regard attiré par quelque chose dans la cour... ou plutôt quelqu'un : Charles et son chapelain.

Il fit alors une chose incroyable. Il saisit Alaïs par la taille et la poussa dehors. Elle n'eut pas le temps de comprendre, les deux hommes l'avaient aperçue et venaient vers elle.

— Ah ! Alaïs ! s'exclama l'empereur de sa voix haut perchée.

Elle s'inclina, le souffle court.

— Alaïs, je dois te soumettre un problème dont on vient de m'informer.

— Si je puis vous aider, sire…

— L'assemblée a décidé d'envoyer deux missi en Neustrie. Ils ont besoin d'un interprète et j'avais pensé au bibliothécaire, malheureusement il est malade.

— Vous… Vous voudriez… que je le remplace, sire ?

Charles lui adressa un sourire affectueux et reprit en chuchotant :

— J'ai pensé à toi, parce que le comte Évrard n'a pas seulement besoin d'un interprète. Il n'y voit plus très clair et ne veut pas que ça se sache. Un accompagnateur qui puisse discrètement être ses yeux ne nuirait pas. Cela ne te coûterait-il pas trop de quitter le palais ?

— Je suis à vos ordres, sire, et vous servirai partout où vous voudrez.

— Bien… Bien… Mon notaire avait donc raison.

L'idée était de Grifon ! Alaïs comprenait maintenant l'expression de son visage pendant qu'il lui parlait.

— J'aimerais, reprit Charles, que cela ne s'ébruite pas. Peu de gens savent *qui* tu es, je souhaite qu'il y en ait encore moins à savoir *où* tu es.

— Je comprends, sire. Je n'informerai personne.

— Remarque que je ne te crois plus en danger. Cette histoire de Bavière est classée. Ta nourrice est morte, il reste donc peu de personnes à connaître ta véritable identité, et j'ai toute confiance en elles. Après ton départ, elles répandront le bruit que tu as été appelée d'urgence auprès de… de qui veux-tu ? Une vieille tante malade ? Tu as bien une tante quelque part.

— En Aquitaine, une tante de ma mère. (Alaïs baissa la voix.) De celle que je croyais être ma mère.

— Va pour la grand-tante, décréta l'empereur. Prépare ton bagage.

Il eut un petit hochement de tête et s'éloigna avec le chapelain.

Encore abasourdie, Alaïs les regarda s'engager dans le passage voûté et disparaître dans l'escalier privé qui montait à la salle de justice.

Le chapelain referma soigneusement la porte derrière lui avant de demander :

— Vous ne craignez pas, sire, qu'Alaïs coure le danger de se faire enlever en chemin ?

L'empereur eut une moue dubitative :

— Je pars bientôt pour la Saxe avec tout mon monde. Serait-elle plus en sécurité dans un palais où je ne peux laisser qu'une poignée de gardes ? Rappelez-vous qu'il y a deux ans, en pareille circonstance, les anciens amis de Tassilon ont essayé de l'enlever.

— Oui, il s'en est fallu de peu que nous ayons sur les bras une guerre d'indépendance.

— Aujourd'hui, notre astrologue voit de nouveau un danger sur elle. Aussi, lorsque Grifon m'a fait sa suggestion, j'ai pensé que c'était un signe du ciel : Alaïs sera plus en sécurité sur des routes où nul ne sait qui elle est.

Ce qu'ignoraient l'empereur et son chapelain, c'est qu'à cet instant, derrière la porte destinée au public, deux personnes attendaient pour être reçues.

6

Adieu au palais

Les astrologues avaient étudié les constellations et décrété que le moment était favorable. On partirait le lendemain.

Il faisait encore sombre, mais Alaïs était déjà debout. Elle n'avait pas fermé l'œil de la nuit. Chaque fois qu'elle pensait à Willi, son cœur s'affolait. D'espoir autant que de crainte. Le Saxon l'avait peut-être oubliée, il serait peut-être très ennuyé de la voir arriver. Il y avait près de deux ans qu'il avait écrit son message, ses sentiments avaient pu changer.

Seulement la simple idée de renoncer la révoltait. Elle aimerait mieux mourir.

Et puis, il était trop tard pour reculer. Surtout que rien ne la retenait ici. La plupart de ses amies avaient quitté l'école pour se marier ou entrer au couvent. Bertrade, sa nourrice, était morte dans le tremblement de terre de l'année précédente. Quant à Loup… il faisait partie de l'expédition. Non, il n'y avait pas à hésiter.

Elle passa sa robe brune, confortable et peu salissante, et la sangla de sa large ceinture de cuir à boucle ornée d'un lion. Puis elle s'enveloppa dans son manteau qu'elle ferma par une fibule assortie à la boucle et, jetant sur son épaule sa sacoche double, elle sortit.

La lune éclairait la cour. En refermant la porte de la maison qu'elle occupait depuis sept ans, Alaïs songea avec une bouffée de nostalgie – et une vague angoisse – qu'elle ne la reverrait peut-être jamais. Elle ramassa sur le sol la grande jatte qu'elle avait préparée et s'éloigna rapidement. Le jour se lèverait bientôt, et elle avait encore une chose à faire avant de partir.

Tout dormait dans la ménagerie. On entendait seulement, par intermittence, le souffle rauque de l'ours et le grognement ensommeillé du lion. La grande porte de rondin ne fit aucun bruit en s'entrebâillant. Alaïs contourna la grange et s'approcha de la grosse masse sombre d'Abul Abaz, qui tressaillit avant de balancer sa trompe en la reconnaissant. Elle lui souffla :

— Je m'en vais, je suis venue te le dire. Je vais retrouver Willi. (Elle lui saisit amicalement le bout de la trompe.) Tu te souviens de Willi ? On en a souvent parlé, tous les deux. Je sais que tu l'aimais et que tu le regrettes.

Elle posa sur le sol la jatte de fraises.

— Je t'ai apporté ça. Je suis désolée de te laisser, mais je ne peux pas faire autrement. Quand on est sûr de ce qu'on veut, il n'y a pas à hésiter. D'ailleurs, je ne sais pas si on te l'a dit, mais tu pars pour la Saxe avec Charles. Ça va te faire de la distraction. Tu aimes bien les voyages, hein ?

L'éléphant plongea goulûment sa trompe dans les fruits et les enfourna sans façon.

— Souhaite-moi bonne chance, finit Alaïs en déposant un baiser sur l'énorme trompe. Je donnerai de tes nouvelles à Willi.

L'éléphant se trémoussa comme s'il comprenait qu'il se passait un événement important contre lequel il ne pouvait rien, et la regarda disparaître par la petite porte des remparts.

Tout dormait encore au palais. Seuls, devant les écuries, deux gardes à cheval l'attendaient, les lames métalliques de leur casque de cuir luisant au clair de lune. Pour le voyage, ils s'étaient armés, en plus de leur lance, d'une épée et d'un bouclier renforcé par une solide pointe centrale. Sous leur cape rouge, ils portaient une cuirasse cousue d'écailles en os. En l'apercevant, l'un sauta à terre pour lui avancer sa monture, une jument qu'elle aimait beaucoup, couleur de châtaigne dorée – sûrement une attention de l'empereur. Elle lui caressa le chanfrein pour la saluer, jeta son sac sur l'encolure et se hissa en selle.

Au dernier étage de la tour du Trésor, l'astrologue fut brusquement tiré du sommeil. La fenêtre était encore baignée par la lueur de la lune. Par quoi avait-il été réveillé ? Il se remémora les événements de la veille et les derniers choix qu'il avait eu à faire. C'était la date de départ de l'expédition des missi dominici !

… Non, il ne s'était pas trompé, il n'avait aucune raison de se tourmenter !

7

La troupe

Le soleil était largement levé quand l'astrologue entendit les hennissements de chevaux, les appels dans la cour, bref l'énervement des départs. La troupe des missi était enfin prête.

Il songea soudain à Alaïs, qui devait attendre depuis des heures sur le chemin, et il se sentit pris d'une angoisse. La même qui l'avait réveillé avant l'aube ! Il se précipita à la fenêtre et regarda la troupe franchir la porte du palais. Sa prémonition ne concernait pas la date du départ, mais autre chose, en relation avec Alaïs !

Et la menace qu'il avait vue sur sa tête ne résidait pas dans le palais, comme il l'avait cru, elle se trouvait sur son chemin ! Comment avait-il pu se tromper à ce point ? Il se tritura nerveusement les mains. Maintenant, il était trop tard. Il n'avertirait pas l'empereur de son erreur, ça le discréditerait. Et puis, cela signifiait simplement qu'on ne pouvait pas agir sur le destin. Protéger la jeune interprète du sien outrepassait les forces d'un simple mortel.

De l'orée de la forêt où elle patientait depuis des heures, Alaïs vit enfin apparaître une troupe sur le chemin. Une vingtaine de cavaliers. Des capes rouges encadrant de sombres manteaux de voyage, une tache bleue et brillante au centre… C'étaient ceux qu'elle attendait ! Les soldats en rouge, les voyageurs en gris… et Richeut qui n'avait pas renoncé à s'habiller de soie.

Elle les regarda s'approcher. Tous les hommes étaient vêtus à la franque : braies [1] de toile, tuniques longues et bandes entrecroisées sur les mollets. Un seul portait une robe de bure et des sandales ; il était si costaud qu'on l'aurait pris pour un lutteur, mais sa tonsure le désignait comme l'abbé Baudouin. L'homme au visage émacié qui chevauchait à ses côtés – un bandeau lui barrant le front pour retenir ses cheveux gris clairsemés – était certainement le comte Évrard.

1. Sorte de pantalon hérité des Gaulois et des Germains.

En dehors de l'abbé et de Loup, à qui la religion interdisait de s'armer, tous portaient au côté la grande épée à double tranchant. Alaïs s'assura de la présence de son poignard à sa selle. Une femme non plus n'était pas censée s'armer mais, depuis qu'elle avait failli être enlevée, elle avait toujours sur elle de quoi se défendre. Et plutôt que d'être capturée par les partisans de Tassilon, elle s'enfoncerait la lame dans le cœur. Jamais elle n'accepterait de retourner en Bavière. Jamais elle n'accepterait d'être cause d'une guerre.

Le reste de la troupe se composait de quelques serviteurs dont une femme – sans doute la servante de Richeut – et de palefreniers menant à la longe les sommiers[1]. Alaïs fit avancer son cheval et salua.

— Je suppose, l'apostropha l'abbé Baudouin d'une belle voix de basse, que vous êtes notre interprète. Le chapelain nous a prévenus que vous aviez une visite à rendre avant de partir et nous attendriez sur le chemin.

Plissant les yeux, le comte Évrard la dévisageait, si concentré qu'il en oubliait de saluer. Enfin il déclara :

— Nous aurons le temps de faire connais-

1. Chevaux portant les bagages.

sance. Nous avons pris du retard, poursuivons notre chemin.

Loup considérait Alaïs d'un air émerveillé et stupéfait. Il amena son cheval près du sien et chuchota :

— Tu as réussi à venir !

Elle sourit et commenta :

— Vous êtes en retard, je commençais à craindre de m'être trompée d'endroit.

— C'est à cause de Richeut. Je crois qu'elle a pris le temps de réfléchir à la tenue qui ferait le mieux tourner la tête aux hommes.

Alaïs jeta un regard discret vers la jeune fille.

— Elle ne leur fera pas tourner longtemps, s'amusa-t-elle. Je ne lui donne pas deux jours pour être en loques.

Loup pouffa. Curieusement, il ne semblait pas abattu par ce départ vers le monastère.

— Hier soir, souffla-t-il, l'empereur m'a fait demander.

— Personnellement ?

Les yeux brillants, il hocha la tête et reprit :

— Tu connais le capitulaire *De Villis* ?

— Oui, le registre que tu as illustré, les instructions concernant la gestion des domaines.

— On y nomme tout ce qu'il faut planter dans un jardin, et comme je m'y connais en plantes,

Charles m'a confié le soin de le diffuser partout où on passera.

Il frappa d'un geste amical la sacoche de cuir qui pendait à sa selle et qui devait contenir le précieux document.

Alaïs lui lança un regard sidéré. Charles pensait à tout, même à lui adoucir le voyage vers sa prison !

— C'est une belle preuve de confiance et une sacrée responsabilité, s'exclama-t-elle.

Et le visage de Loup rayonna plus encore.

De l'arrière, leur parvint la voix d'Hunold :

— Dis donc, Alaïs, je ne savais pas que tu venais avec nous !

Elle se retourna :

— Ça ne s'est décidé qu'hier. L'interprète est tombé malade.

Elle croisa le regard de Richeut et le trouva scrutateur mais, à son grand soulagement, pas ennemi.

8

Mauvaise nouvelle pour Hunold

Alaïs prit soin de se placer derrière le comte Évrard, cependant elle ne voyait pas comment l'aider, puisqu'il ignorait sa mission. Pendant un moment, elle crut d'ailleurs qu'il y voyait mieux que ne le supposait Charles, car il évitait efficacement les branches de sapin qui s'étiraient jusque sur la route. Puis elle comprit que ce n'était pas lui qui les évitait, mais son cheval.

— Damoiselle Alaïs, appela l'abbé, approchez donc.

Elle fit avancer sa monture entre le comte et lui. L'abbé reprit :

— Tant que nous serons en pays de langue francique, nous n'aurons pas besoin de vos services, mais j'aimerais que vous nous parliez un peu de vous.

— Il n'y a pas grand-chose à dire, messire. Je suis la fille du comte Adalbert et de dame Émine et j'ai été élevée en Bavière, dans une forteresse prise à l'ennemi.

Elle prononça « ennemi » sans faiblir, bien qu'elle sache aujourd'hui que ces gens à qui Adalbert avait pris la forteresse étaient sa véritable famille. Elle raconta comment, à la mort de ses parents adoptifs, elle avait été recueillie par Gérold, beau-frère de Charles et préfet de Bavière, et ramenée à la cour d'Aix où elle vivait depuis sept ans. Elle entendit derrière elle la voix de Richeut :

— Au palais, elle passe pour une très bonne interprète.

Agréablement surprise par cette amabilité, elle lui adressa un léger sourire.

— Je n'ai pas de mérite, je…

— Je te plains, coupa Richeut. Une fille de comte, devoir occuper un emploi ! Mon père le refuserait pour moi, il aurait trop honte.

Le comte Évrard prit alors la parole :

— Sans doute, non plus, ne parlez-vous pas plusieurs langues. Ou bien votre père vous sait-il trop occupée par votre propre personne pour songer à vous demander le moindre service.

Alaïs en fut estomaquée. Richeut se crispa et lâcha d'un ton dur :

— Une jeune fille d'un rang tel que le mien…

— Je sais, convint le comte, changeant le fiel pour le miel. Nous aimons avoir des femmes inutiles et décoratives.

Le visage de Richeut se figea. Ne sachant comment prendre ces mots, elle tira sur les rênes pour retenir son cheval. Après quoi on l'entendit depuis l'arrière rire un peu trop fort avec Hunold.

— La poule glousse, murmura Évrard, il va pleuvoir.

Alaïs se pinça les lèvres pour ne pas rire. Puis elle regarda en arrière. Le voyage serait long, et laisser Richeut fâchée à cause d'elle peu judicieux. Elle retint son cheval pour attendre la jeune fille, et fit comme si elle avait pris ses propos pour de la compassion :

— Je voudrais te rassurer. Effectuer des traductions n'est pas un travail ennuyeux pour moi. Au contraire, il m'amuse.

Richeut fronça les sourcils :

— Je déteste ce vieux décrépit.

— Le comte Évrard ? N'y prête pas attention, le sarcasme est son mode d'expression. Si cela peut te soulager, il en a eu autant à mon service.

— Ah oui ? (L'intérêt perça dans la voix de Richeut.) Que t'a-t-il dit ?

— Eh bien..., improvisa Alaïs, il m'a dit que j'ai l'avantage au nombre de langues parlées, mais que tu l'as au titre de la beauté.

Richeut éclata d'un rire cristallin qui découvrit une impeccable rangée de dents très blanches. Un instant, Alaïs lui en voulut un peu. Bêtement, puisqu'elle venait d'obtenir ce qu'elle voulait.

— La vérité, chuchota Richeut, c'est qu'Évrard est jaloux de mon père, qui occupe la place à gauche de l'empereur pendant les chasses.

Contrôlant son envie de rire, Alaïs concéda :

— Probablement.

Elle avait préservé la paix avec Richeut, elle ne devait pas la risquer de nouveau. Une fois évacué le premier ressentiment, elle se sentit mieux.

Ils marchèrent toute la journée sous le soleil. Loup chantonnait, Richeut se plaignait de la chaleur et de la dureté de sa selle, Alaïs pensait à Willi. Elle ne savait si elle avait peur ou hâte d'arriver, mais chaque pas de son cheval la rapprochait de lui. Elle se rappelait chaque mot qu'ils s'étaient dit, chaque regard, et, cent fois, elle revécut l'instant où, l'écrasant sans ménagement contre le mur du couloir, il lui avait plaqué sa main sur la bouche pour l'empêcher d'avertir les gardes. Il lui avait fait terriblement mal et, pourtant, aucun souvenir ne lui était plus doux. Elle entendait encore son souffle dans ses cheveux…

Après cette scène, il avait renoncé définitivement à son projet d'assassiner l'empereur. Pour la sauver. Parce qu'il venait de comprendre qu'elle était en danger.

Ils s'arrêtèrent au soir dans la demeure d'un prêtre de village. L'unique pièce dégageait une odeur suffocante de poule et de bouse de vache. Elle devait servir d'étable pendant l'hiver. Richeut apostropha les missi :

— Vous n'imaginez pas que nous allons coucher ici ?

— Nous ne l'imaginions effectivement pas, répliqua le comte Évrard. Nous avions prévu une auberge, à laquelle nous ne parviendrons hélas pas ce soir étant donné le retard pris au départ. À cause d'une certaine personne qui n'a pas pu se lever avec le soleil.

L'abbé conclut :

— Rendons plutôt grâce à ce brave prêtre qui nous accueille chrétiennement sous son toit. Nous allons faire mettre des paillasses sur le sol et prier pour les pauvres qui n'ont jamais connu d'autre couche.

— Néanmoins, ajouta le comte, chacun est libre de dormir à la belle étoile. La région est infestée de brigands, mais notre jolie damoiselle aura tôt fait de les charmer.

Les yeux de Richeut lancèrent des éclairs. Alaïs adoucit le coup :

— Il n'est pas mauvais de partager un moment la vie du peuple. Cela te permettra de mieux comprendre tes sujets quand tu seras à ton tour femme de comte.

— Je me fiche de comprendre la boue sur laquelle je pose mon soulier, rétorqua Richeut.

— Tu as tort, intervint Hunold. Mieux on comprend les gens, mieux on peut les rouler.

Les serviteurs avaient déjà allumé un feu dehors et détaché le chaudron du dos d'un sommier, quand le prêtre leur affirma que ce jour était néfaste, et qu'on ne pourrait pas cuire d'aliments. Il avait étudié les constellations et était formel. L'abbé Baudouin sortit alors sa carte du ciel et s'y plongea. Les jeunes s'assirent autour du feu en attendant le verdict, et Loup proposa une devinette :

— J'ai vu une femme qui volait avec une tête en fer, un corps en bois, une queue garnie de plumes et qui portait la mort. Qui est-elle ?

— Facile, lâcha Richeut. C'est la flèche. À mon tour. Qu'est-ce qui ne lasse jamais l'homme ?

— La guerre, proposa Alaïs.

Richeut éclata de rire :

— Mauvaise réponse !

— « Mauvaise », n'exagérons pas, intervint Loup. La preuve, chaque année en mai, l'empereur part en campagne.

— La bonne réponse est « le gain » ! protesta Richeut.

— Le gain est ce qui motive la guerre, fit remarquer Alaïs. L'argent, le territoire, la puissance… Vouloir posséder toujours plus est le propre de l'homme.

— La guerre, s'emballa Hunold, nous permet de montrer notre bravoure et nous apporte la gloire !

Il leva les poings d'un air triomphant, et Richeut applaudit. Ils s'interrompirent, car l'abbé Baudouin revenait pour leur annoncer que cette date était effectivement peu propice à la cuisson, et qu'ils mangeraient froid. Il y eut une exclamation désappointée.

— J'espère qu'il y a du vin, au moins, grogna Hunold.

— Notre hôte a la bonté de nous offrir de la cervoise [1], répliqua l'abbé avant de redisparaître dans la maison.

Hunold hocha les épaules d'un air excédé puis, changeant de visage, il chuchota :

— Être missi, ça doit rapporter gros.

1. Bière ancienne.

— Beaucoup d'honneurs, confirma Loup.

Hunold grimaça.

— Les honneurs, c'est bon. Le profit, c'est mieux. Et du profit, ils doivent en engranger !

— Ils ne perçoivent rien. Et leurs instructions disent : « Faites pleinement et équitablement justice aux veuves, aux orphelins et à tous les autres, sans fraude, sans corruption, sans délai abusif. »

— Tu crois à ça ? Ils contrôlent et jugent, ils peuvent donc monnayer leurs décisions.

— Tu veux dire se faire acheter ?

Alaïs ironisa :

— C'est comme ça que tu pratiquerais à leur place ? Voilà pourquoi l'empereur ne te nommera jamais missi.

— Toi, mêle-toi de tes affaires. Bientôt je serai comte de Lillebonne, et alors…

— De Lillebonne ? s'étonna Richeut. L'empereur va déplacer le comte actuel ?

— Il attend qu'il meure. Il est vieux.

— Willibald ? Vieux ?

D'entendre prononcer le nom de Willi fut pour Alaïs un coup au cœur. Hunold semblait tout aussi ahuri, mais pas pour les mêmes raisons. Il bredouilla :

— Willibald… Celui qui était adjoint au connétable du palais ?

— Il a vécu à Aix, c'est vrai.

Hunold demeura muet. Alaïs s'informa en contrôlant sa voix :

— Tu connais Willi ?

Richeut l'observa de la tête aux pieds avant de répondre :

— Son comté n'est séparé de celui de mon père que par la Seine.

— J'aurais dû m'en douter, grinça Hunold. Il a toujours su se placer, celui-là !

Alaïs répliqua :

— C'est plutôt que Charles a confiance en lui. Il a du courage et de l'envergure, et il n'est pas corruptible, lui.

Elle se reprocha aussitôt d'avoir dit ça. Hunold la fixait d'un air furieux.

9

Un coup affreux

Tandis que les serviteurs distribuaient du pain et du lard, Hunold reprit la parole d'un ton détaché :

— Notre brillante interprète le connaît de fort près, ce Willi. Le jour où il est parti, on l'a vu passer dans la cour, par la fenêtre de l'école. La classe à peine finie, elle s'est précipitée dehors. Pauvre petit cœur, c'était trop tard, il n'était plus là ! Parti sans un adieu.

Loup protesta :

— C'est faux ! Il lui avait même laissé un mot pour l'inviter à partir avec lui, mais ce satané Grifon a…

Il croisa le regard impérieux d'Alaïs et se tut.

— Un griffon ? s'intéressa Richeut.

Mais Hunold, qui semblait décidé à retourner contre quelqu'un la cruelle humiliation qu'il venait de subir, interrompit d'un ton narquois :

— Si j'ai bien compris, le Saxon se trouve à

Lillebonne. Justement sur la route des missi. Curieux hasard, n'est-ce pas ? Surtout si on considère qu'il n'était pas prévu qu'Alaïs soit du voyage. De là à imaginer que le bibliothécaire ne soit pas tombé malade par hasard…

— Qu'est-ce que tu racontes ? s'indigna Alaïs. Tu continues à juger les autres d'après toi-même !

Hunold éclata d'un rire grinçant, cependant il n'ajouta rien. Richeut, elle, regardait le feu d'un air pensif. Enfin, elle déclara en détachant les mots :

— Tu fais erreur, Hunold. Alaïs ne se rend pas là-bas pour retrouver le comte Willibald.

— Ah oui ? Tu sais ça, toi ?

— Je le déduis. Parce que Willi va se marier. Il vient de signer son contrat de fiançailles.

Alaïs eut l'impression que la foudre lui tombait dessus. Son cœur se contracta, elle faillit vomir. Des cercles de lumière explosèrent dans son crâne, et elle se demanda si elle n'avait pas perdu un instant connaissance. Puis le choc se transforma en douleur, une douleur affreuse qui lui coupa la respiration.

Sidéré lui aussi, Loup intervint :

— Et qui épouse-t-il ?

— La fille de notre voisin, ma meilleure amie.

La nuit fut terrible. Pour la première fois depuis longtemps, Alaïs fit *le* rêve. Celui où l'épée du soldat transperçait le flanc de la servante qui la portait dans ses bras. Il y avait du sang partout, sur sa robe, sur ses mains, et elle le regardait avec une terreur mêlée d'incompréhension.

Au matin, elle se réveilla glacée, une atroce souffrance au cœur et le visage trempé de larmes. Elle l'essuya vite. Elle ne souhaitait plus qu'une chose : retourner à Aix.

— Tu ne te sens pas bien ? demanda Richeut.

Sa servante lui enfilait une nouvelle robe (rouge à filets d'or), la précédente ayant été malmenée par les ronces. Les autres avaient déjà quitté la pièce.

— J'ai juste fait un cauchemar.

— À cause de Willibald ?

— Pas du tout, répondit trop vite Alaïs. J'ai rêvé de… Enfin, peu importe.

— Tu étais amoureuse de lui, n'est-ce pas ? Je veux dire de Willi.

Alaïs ne répondit pas. Pourtant, pour la première fois, Richeut lui parlait amicalement, et ça lui fit du bien.

— Mais lui ne t'aimait pas, supputa la jeune fille avec une certaine compassion.

— Si ! (Alaïs se força à reprendre son calme.) Si, il m'aimait.

— Tu veux dire que cette histoire de message qu'il aurait confié à un oiseau est vraie ?

— Un oiseau ? Ah, Grifon ! C'est le nom du notaire qui a rédigé le billet. Seulement, il a « oublié » de me le remettre.

— Ce Grifon était-il amoureux de toi ?

Il était impossible d'avouer la raison pour laquelle Grifon avait caché le billet, aussi Alaïs soupira :

— Peut-être.

— Bah ! lâcha Richeut. Il a bien fait. Tu étais jeune, et ce n'était qu'un coup de tête. Crois-moi, Willibald est sans intérêt, tu vaux mieux que ça.

Alaïs en fut suffoquée. Elle observa :

— Willi peut se montrer désagréable dans certaines situations… Mais je ne pensais pas que tu te préoccupais des autres !

Richeut rit.

— Ça ne m'étonne pas. Il me vient parfois des envies de jouer les pestes. Je ne sais pas pourquoi, j'ai une tendance inexplicable à me montrer sous mon plus mauvais jour.

— C'est parfois le cas quand on s'ennuie, nota Alaïs.

Richeut eut une grimace moqueuse.

— Apparemment, au palais on s'ennuie souvent, car Willibald y a pris de très mauvaises habitudes. Il a, lui, une fâcheuse tendance à jouer les séducteurs.

— Tu veux parler de la jeune fille qu'il épouse ? Il l'a séduite par jeu ?

— Ah ! (Elle éclata de rire.) Non. Cette fois, justement, il est très amoureux. (Elle se reprit.) Pardonne-moi, je joue encore les pestes. Je n'aurais pas dû te dire ça.

— Si, répondit bravement Alaïs. Il vaut mieux que je le sache. Tu me rends service.

Elles finirent de s'habiller en silence, puis Richeut ajouta :

— Je comprends que tu n'aies pas envie de poursuivre ce voyage. Tu peux encore rentrer, nous ne sommes pas trop loin. Je ne parle pas autant de langues que toi, mais je connais le roman et le latin. Jusqu'à Rouen, je pourrai te remplacer comme interprète.

— Toi ? J'avais cru comprendre…

Richeut haussa les épaules :

— L'inattendu fait partie de mon charme. (Elle sourit.) Tu as raison, je joue les pestes parce que je m'ennuie. Me rendre utile me fera le plus grand bien.

Alaïs demeura muette. Faire demi-tour, elle y avait pensé toute la nuit. Willi en aimait une autre, le contrat de fiançailles était signé, il était trop tard. Pourtant, elle finit par répondre :

— L'empereur m'a confié cette mission, et je n'ai pas d'autre choix que d'obéir.

Richeut la regarda avec stupéfaction :

— Tu as bien du courage…

Du courage ? Non, elle n'en avait pas. Bien sûr, elle aurait pu se prétendre malade, et les missi l'auraient libérée de son engagement, cependant elle avait quinze ans, elle n'allait pas se comporter comme une gamine.

Les constellations avaient changé, on eut enfin droit à de la bouillie chaude, mais cela ne plut pas à Richeut, qui disparut dans le village pour trouver meilleur. Hunold s'assit auprès d'Alaïs.

— Être rejetée par un barbare, c'est vexant, non ?

— De quoi parles-tu ?

— Du Saxon. Heureusement, il y en a d'autres qui te trouvent à leur goût. Tu n'as aucune fortune, mais un physique passable. Ça pourra tenter quelqu'un d'assez riche pour se montrer généreux et t'éviter de finir au couvent.

— Ce serait trop d'honneur, ironisa Alaïs.

— Ma famille est la plus riche de Neustrie, poursuivit Hunold, alliée à tous les grands du royaume. Je pourrais être tenté d'y introduire du sang neuf en négligeant l'aspect financier. Une femme qui me donne de beaux enfants…

C'était la deuxième fois qu'il lui faisait des avances. Alaïs répliqua :

— Vraiment aimable de ta part, Hunold. Seulement je te connais depuis assez longtemps pour savoir que je ne te conviendrais pas comme épouse. Nos caractères ne peuvent s'accorder. (Elle sourit.) Tu te trouveras une femme bien plus souple que moi.

C'était dit avec ménagement, cependant Hunold ne s'y trompa pas. Il s'empourpra :

— Qu'est-ce que tu es en train d'imaginer ? Que je parle de t'épouser ?... Je donnais juste un exemple. Tu ne penses quand même pas que je veuille hériter des rebuts d'un barbare !

— Jeune Hunold, s'exclama le comte Évrard. Vos paroles sont indignes d'un homme d'honneur.

Hunold eut un rictus qui masqua mal son dépit. Il fit faire demi-tour à son cheval à grands coups de talons et lâcha avec mépris :

— Imaginer que je l'épouserais ! Non mais, pour qui se prend-elle ?

Et il darda sur Alaïs un regard meurtrier.

10

Terribles émotions

Alaïs avait retrouvé un peu de sa capacité à réfléchir. Puisque Willi croyait qu'elle avait refusé de le suivre, il n'imaginerait pas en la voyant qu'elle était venue pour lui. Ce qui jusqu'à la veille était pour elle un drame devenait un baume sur ses blessures. Son amour-propre souffrait, son amour souffrait, mais son honneur était sauf. Elle voulait penser que c'était une consolation.

Ils avaient parcouru un quart de lieue [1], quand Richeut lui fit signe depuis le bord du chemin. Elle arborait un air mystérieux.

— Je n'en ai pas pour tout le monde, tu comprends, lui chuchota-t-elle en lui tendant une coquille de moule de rivière remplie de miel.

— Merci. Où as-tu trouvé ça ?

1. 1 lieue = 4 kilomètres.

— Je l'ai acheté. Les paysans ont toujours des douceurs cachées.

Voilà donc de quoi elle avait fait son petit-déjeuner !

— Quand j'étais petite, reprit Richeut, ma nourrice me rattrapait souvent du côté des ruches. C'est miracle que je ne me sois jamais fait piquer. Je dois l'avouer, elle avait du travail avec moi.

Elle éclata d'un petit rire cristallin.

— Tu as des frères et sœurs ? demanda Alaïs.

— Non. Heureusement, tous les autres enfants sont morts avant deux ans.

— Heureusement ?

— J'exagère un peu, tu me connais. Mais, reconnaissons-le, les frères et sœurs n'apportent que des ennuis et obligent à disperser le bien des parents.

Alaïs n'eut pas le temps de répondre. Elle se sentit tirée en arrière. Elle poussa un cri et fit un geste pour prendre son poignard à sa selle, mais il était déjà trop tard. Elle venait de tomber dans les bras de trois hommes habillés en paysans, capuche rabattue sur le visage. Elle sentit un coup sur sa tête et perdit connaissance.

Elle fut réveillée par de douloureux élancements dans le crâne. Ses yeux s'ouvrirent. Que faisait-elle allongée par terre ?

Puis tout lui revint et elle se redressa, prête à arracher les yeux au premier qui s'approcherait. Elle ne vit que deux hommes qui disparaissaient dans la forêt et un autre affalé à côté d'elle, les jambes prises dans un bâton. Un garde se précipita sur lui et lui enfonça son poignard dans le cœur. Le sang se répandit sur la grosse chemise de laine, les pieds nus tressaillirent dans le sursaut de la mort. Un instant, Alaïs crut revivre son cauchemar.

— Ça va ? s'écria Richeut en se précipitant vers elle. Tu l'as échappé belle ! Cet homme était en train de t'emporter sur son épaule.

Alaïs avait du mal à réaliser ce qui s'était passé. Un des palefreniers s'approcha et ramassa le bâton qu'il avait jeté dans les pieds de l'agresseur. Elle croisa un instant son regard. Il avait les yeux d'un bleu pervenche, et qui éclairaient magnifiquement un visage buriné par le soleil et le vent. Il souffla entre ses dents :

— Prenez garde à vous, damoiselle.

Il avait parlé si bas qu'elle crut avoir rêvé.

— Donnez l'ordre de les poursuivre ! cria l'abbé en direction du comte Évrard, chef militaire de l'expédition.

— Qui ? Que s'est-il passé ? demanda le comte.

— Des bandits ! cria alors Richeut d'une voix où explosait toute sa frayeur. Ils nous ont attaquées !

— Personne ne bouge, ordonna aussitôt le comte. Ne les poursuivez pas. Ce peut être un piège pour nous entraîner dans un guet-apens. Et que les femmes restent dorénavant à l'intérieur du groupe !

Le cœur d'Alaïs battait terriblement. Tous croyaient qu'on avait essayé d'enlever une jeune noble pour obtenir une rançon. Cependant, c'était elle qu'on avait choisie, pas Richeut. Et le hasard n'y avait à coup sûr aucune part.

Deux jours passèrent sans qu'on n'eût rien à noter. Sauf que Richeut se pavanait chaque jour dans une robe différente, qu'Hunold était d'une humeur de chien et qu'on fut trempés par la pluie. On suivait l'ancienne voie tracée par les Romains, un peu défoncée, un peu envahie par les herbes, mais qui avait le mérite d'exister encore. On allait au pas pour ménager les montures et, à cause des grosses averses qui transformaient par endroits la route en bourbier, on était parfois contraints de se détourner par l'intérieur des bois.

Le second soir, on s'engagea ainsi dans une forêt si sombre que la lumière du soleil avait du mal à atteindre le sol, et si serrée qu'on dut marcher en file. Cela contraignit à un silence qui devint vite impressionnant.

Ce fut pire encore quand les nuages voilèrent le soleil. On aurait dit le crépuscule. Soudain, il y eut un cri. Les hommes portèrent la main à leur épée…

Mais il n'y avait ni loup ni sanglier à combattre. Richeut venait de tomber de cheval, son manteau de soie accroché par une branche en fourche. Elle éclata nerveusement en sanglots.

— Ce n'est pas grave, la rassura Alaïs en mettant pied à terre, juste un manteau déchiré.

— Un manteau de soie ! hurla Richeut. Et ma robe est toute griffée.

— Tu devrais mettre des vêtements plus adaptés. Je n'ai que deux robes de voyage, mais je peux t'en prêter une, le temps que…

— Je ne veux pas de tes robes. J'en ai plein, des robes !

Loup intervint :

— Tu seras tout aussi jolie en tenue de voyage.

Richeut se radoucit un peu, frotta sa robe d'un revers de main, puis demanda qu'on l'attende et s'éloigna avec sa servante pour se changer.

Alaïs lança à Loup un regard surpris. Était-il en train de tomber sous le charme de la beauté ?

C'est alors qu'elle remarqua que sa jument laissait pendre sa tête en avant, comme si elle était épuisée. Elle alla la réconforter et lui donner à boire. Elle se sentait de nouveau oppressée. Autour, la forêt semblait se refermer, comme pour lui intimer de rebrousser chemin. Ses yeux tombèrent sur un tronc abattu par la tempête et resté suspendu aux branches de ses voisins. Elle s'approcha du comte et lui dit à voix basse :

— Messire, nous sommes déjà passés à côté de cet arbre, nous avons donc tourné en rond.

Évrard fronça les sourcils. Il la regarda, hésita, puis chuchota :

— Alaïs, j'ai confiance en vous. Aussi, ne vous étonnez pas de ce que je vais vous demander, et promettez-moi de n'en parler à personne.

— Je vous le promets, messire Évrard.

— Indiquez-moi où se trouve le soleil.

— On ne le voit pas. Il fait très sombre.

— De quel côté les troncs portent-ils de la mousse ?

Alaïs regarda autour d'elle.

— Dans votre dos, messire.

— Le nord est donc derrière moi. Et l'odeur est celle des sapins…

— Nous sommes dans une forêt de sapins, confirma Alaïs.

— Je n'y vois plus bien, avoua le comte dans un murmure. Mais je sais maintenant où nous nous trouvons. Pourrez-vous continuer à m'informer avec discrétion ?

— Je le ferai, assura Alaïs.

Et son cœur se gonfla. Cet accord la contraignait à poursuivre sa route.

Le comte ne bougea pas jusqu'à ce qu'on lui annonce qu'on pouvait repartir. Alors il tendit le bras vers sa droite et déclara :

— Le ciel est un peu plus clair de ce côté. C'est l'ouest, notre chemin. Bientôt la forêt s'éclaircira et nous arriverons.

11

Signes néfastes

Loup avait vu juste, la tenue de voyage de Richeut ne nuisait en rien à sa beauté : elle était très élégante, en lin grège rehaussé d'un cuir roux délicatement festonné. Vexée d'avoir été vue dans une aussi fâcheuse position, la jeune fille cheminait d'un air digne et sans un mot. Enfin elle se détendit et se rapprocha d'Alaïs.

— Je te demande de m'excuser. Tu as raison, un manteau déchiré, ce n'est rien, mon père m'en achètera un autre. Par rapport à ce qui t'est arrivé... (Elle pencha la tête.) Je t'admire, Alaïs, tu as été attaquée et tu continues ta route comme si de rien n'était. Et en ayant conscience que tu risques de te retrouver face à l'homme qui t'a fait un si terrible affront !

Alaïs refoula la douleur qui remontait et répondit :

— Willi ne m'a fait aucun affront, puisqu'il a cru que je refusais de l'épouser.

— Et si tu le rencontres, que se passera-t-il ?

— Rien. Il est fiancé, je ne lui dirai jamais la vérité.

Richeut hocha la tête d'un air fasciné. Puis, fronçant les sourcils :

— Qu'est-ce qu'il a, ton cheval ? Baah ! (Elle eut une grimace de dégoût.) Il mousse aux babines.

Elle avait à peine fini sa phrase que la jument fléchit sur ses pattes. Alaïs n'eut que le temps de sauter à terre avant qu'elle ne s'effondre sur le flanc, respirant avec peine, son ventre se contractant comme sous l'effet d'une violente douleur.

Alaïs desserra vite la selle, tandis que le palefrenier aux yeux pervenche se penchait pour examiner la bête. Il lui ouvrit la bouche pour observer sa langue, tâta derrière sa mâchoire, lui palpa le ventre, puis déclara d'une voix altérée :

— Elle va mourir.

— Qu'est-ce qu'elle a ? s'affola Alaïs.

— On est en mai, elle a dû manger de ces appâts qu'on sème pour empoisonner les louveteaux.

Richeut s'exclama :

— Eh bien ! Notre interprète n'a décidément pas de chance ! Les constellations étaient peut-être favorables à la mission, mais pas à elle.

L'abbé hocha la tête d'un air soucieux. Ce soir, il ressortirait ses cartes du ciel.

Alaïs arracha des feuilles pour nettoyer les babines souillées. La respiration de la jument produisait un bruit de forge, ses muscles se contractaient. Les palefreniers ne savaient que faire.

Le temps passant, les souffrances de la bête empiraient. Le ciel s'obscurcissait et la troupe s'inquiétait, car la nuit n'allait pas tarder à tomber. Le comte prit alors la décision qui s'imposait.

Le cœur serré, Alaïs entoura de ses bras le cou de sa pauvre jument et, posant sa joue sur la sienne, la caressa longuement entre les yeux. La bête ne sentit pas l'épée lui plonger dans le cœur, elle tressaillit à peine et ferma les paupières, soudain en paix. Alaïs se mordit les lèvres pour ne pas pleurer.

— Adieu, lui souffla-t-elle à l'oreille sans regarder le flanc où ruisselait le sang. J'espère qu'il y a un paradis pour les bêtes.

— Dépêche-toi, s'exclama Richeut, je n'ai pas envie de passer la nuit dans ces bois sinistres !

On chargea le bagage d'Alaïs sur un sommier, et un des gardes lui prêta son cheval. La troupe repartit en silence.

— Vous aviez raison, comte Évrard, observa l'abbé avec soulagement, la forêt s'éclaircit.

Les noirs sapins laissaient place aux chênes légers et aux hêtres chuchotants, et le soleil couchant marbrait le sol de taches mouvantes. On n'était pas encore au crépuscule comme on le croyait ! La troupe se détendit, et l'on donna libre cours aux rires et aux bavardages.

On n'avait pas parcouru une demi-lieue qu'on entendit :

— Tra… ! Tra… !

Le comte plissa les yeux pour distinguer le paysage, et Alaïs lui chuchota :

— C'est un cultivateur derrière son araire, qui aiguillonne ses bœufs. Nous abordons la plaine.

Et elle se sentit un peu mieux. Parler lui allégeait le cœur. Le comte répondit sur le même ton :

— Menez-moi vers lui.

Et ils prirent la tête de la troupe pour s'approcher du paysan.

— Où sommes-nous ? lui demanda Évrard.

L'homme ne comprenant visiblement pas le francique, Alaïs traduisit en roman. Mais sa phrase eut à peine plus de succès, le paysan usant sans doute d'un patois local. Il finit par indiquer une direction. Comme le comte n'avait pas perçu son geste, Alaïs s'exclama :

— À gauche, un clocher dépasse du bouquet d'arbres !

— Merci, ricana Hunold, on ne l'aurait pas vu tout seuls.

Le paysan désigna alors successivement l'abbé Baudouin, puis le clocher, et ils en conclurent qu'il s'agissait d'une abbaye. Le soulagement les envahit.

L'abbaye était vaste, avec de nombreux bâtiments de bois et de pierre groupés autour d'une chapelle. Le portier, un petit rondouillard, les accueillit avec amabilité. Sa robe brune indiquait qu'il était moine bien qu'il ne fût pas tonsuré. Les missi demandant à parler à l'abbé, il répondit :

— Notre abbé vient de partir pour quelques jours de chasse, cependant notre hôtellerie est à votre disposition. Plectrude ! (Il se tourna vers une volière à éperviers et finit à l'adresse d'une petite femme qui en sortait.) Occupe-toi des voyageurs.

Puis le moine en revint aux visiteurs :

— C'est ma femme, et aussi notre cuisinière. Dites-lui ce que vous voudriez manger… Dans la limite de nos ressources, évidemment.

— Votre femme ? s'ébahit l'abbé Baudouin, les yeux exorbités.

L'autre le regarda avec une légère anxiété, puis se mit à rire :

— Rassurez-vous, nous ne sommes pas mariés officiellement.

— Voilà qui me rassure, en effet ! s'exclama l'abbé. (Il considéra l'homme avec une bonhomie feinte.) Savez-vous qui nous sommes ?

— Je vois que vous êtes un moine et un seigneur voyageant avec leurs serviteurs et leurs dames. Plus jeunes et jolies que la mienne, je vous l'accorde.

Baudouin ne perdit rien de son calme.

— Vous vous méprenez, ces jeunes filles sont juste sous notre protection. Quant à nous, nous sommes envoyés par l'empereur.

— Vous… Vous êtes des missi dominici ?

— Et nous constatons que votre abbé élève des éperviers et s'adonne à la chasse au lieu de remplir sa fonction qui est de PRIER. (Il eut un rictus dégoûté.) Je présume qu'ici on préfère les aboiements des chiens aux hymnes des anges.

— On dit la messe tous les dimanches, précisa le moine.

— Les dimanches ! La messe doit être dite tous les jours ! (L'abbé ricana.) Mais il ne faut pas en demander trop, je présume, dans un monastère où l'on vit avec des femmes et où l'on arbore un couteau à la ceinture !

Le moine porta instinctivement la main au sien en protestant :

— Il faut bien se défendre contre les brigands et les bêtes sauvages. On voit que vous ne vivez pas dans ces contrées solitaires.

— Et les femmes ? C'est à cause des bêtes sauvages ?

— Il est admis par l'Église…

— Cela, vous voudriez le croire ! tempêta Baudouin. Alors que l'empereur ne cesse de vous répéter le contraire ! Il est interdit aux moines de prendre femme ! (Il serra les poings.) Filez nous faire préparer le gîte et le couvert.

Le moine ne se fit pas prier pour disparaître, et Baudouin ordonna à Loup :

— Prenez tout ceci en note pour notre rapport d'inspection.

Le comte Évrard intervint à voix basse :

— Mon ami, nous ne sommes pas sur notre territoire de mission.

— Certes, mais cela ne va pas m'empêcher de dénoncer à l'empereur ces comportements scandaleux ! Le concubinage des religieux est interdit !

— Depuis peu, temporisa le comte, et la chose a un peu de mal à passer dans les mœurs.

— C'est important, chuchota l'abbé. Femmes et enfants distraient les moines de leur tâche.

— Et posent problème aux abbayes, s'amusa le comte, pour la raison qu'ils sont prioritaires en matière d'héritage.

— Pas seulement ! Jésus n'était pas marié, c'est signe que seul le célibat est digne de Dieu.

Un vieil homme arriva pour prendre en charge les voyageurs, et l'abbé s'emporta :

— Encore un moine non tonsuré !

— Je ne suis pas moine, protesta le vieux. (Il se regarda.) Ah ! vous le croyez à cause de la robe ? Les moines m'en ont laissé une vieille à eux. Je suis hôte ici, j'ai donné mes biens au monastère contre l'accueil pour mes vieux jours. J'ai droit à… (il compta sur ses doigts) une chambre particulière chauffée, deux pains, une portion de ragoût et deux litres de vin par jour, plus une chemise de lin tous les…

— Épargnez-nous votre litanie, grommela l'abbé. J'en déduis que ce n'est pas à vous de nous accueillir. Où sont les moines ?

— Sans doute à l'auberge. Moi, ce n'est plus de mon âge.

Baudouin leva les mains au ciel en signe de désolation. Une à une, des femmes disparaissaient dans les granges avec leurs enfants. Alaïs les suivait des yeux, quand le palefrenier aux yeux pervenche murmura :

— Ça ne va pas. Ça ne va pas.

— Qu'est-ce qui ne va pas ? s'inquiéta-t-elle.

Il sursauta, comme s'il ne s'était pas rendu compte qu'il avait parlé.

— Le Mal est ici.

— Dans ce monastère ?

Il secoua négativement la tête.

— Non, non. Ça fait un moment que… Je ne sais, excusez-moi. (Il regarda avec anxiété autour de lui.) C'est cette crispation dans ma nuque. Elle me vient quand… Excusez-moi.

Il reprit les longes des sommiers et les tira derrière lui pour les mener aux écuries. Alaïs en demeura muette. Il valait mieux qu'elle rentre à Aix !

12

Jamais deux sans trois

— Tu as les moyens de racheter un cheval ? s'inquiéta Richeut.

Alaïs secoua négativement la tête, et Hunold ricana :

— L'interprète n'a les moyens de rien. Aucune fortune.

— Ça suffit, gronda Richeut. Arrête de te montrer désagréable !

Et elle croisa le regard de Loup qui lui adressa un sourire approbateur. Elle reprit dans un chuchotement :

— C'est un signe. Dieu t'autorise à rentrer à Aix.

Alaïs hocha la tête, mais Loup intervint :

— Pourquoi rentrer ? L'abbé Baudouin n'a rien vu de néfaste dans les constellations. Ce qui est arrivé n'est dû qu'au hasard.

Alaïs le remercia d'un sourire. Y croyait-il vraiment ? Elle tenta de plaisanter :

— Je te manquerais ?

— Tu me manquerais.

— Ah ! commenta Richeut d'un ton acide, notre interprète a ses admirateurs.

— Nous sommes amis depuis longtemps, précisa Loup.

L'abbé Baudouin les interrompit :

— Damoiselle Alaïs, vous n'avez plus de cheval et votre amie Richeut a l'amabilité d'accepter de nous servir d'interprète. Le mieux est donc que vous restiez ici pour y attendre le prochain groupe de marchands qui se dirigera vers Aix.

Loup intervint :

— Rassurez-vous, elle a un cheval. Je l'ai acheté aux moines sur mes propres deniers. Un palefrenier est en train de le lui choisir.

Alaïs le regarda avec des yeux ébahis. Loup n'avait pas assez d'argent pour une telle dépense, elle était bien placée pour le savoir. Il peinait même à acheter le parchemin nécessaire à ses dessins ! Elle se tourna vers les écuries. Le palefrenier aux yeux pervenche en avait sorti un cheval pour l'observer au grand jour. Elle prit Loup à part :

— Où as-tu eu cet argent ?

— Je n'en ai pas. J'ai envie que tu poursuives le voyage avec nous et j'ai proposé aux moines de ne rien inscrire contre eux dans le registre à condition qu'ils me donnent un cheval. L'abbé ne se rappellera pas où se trouve exactement cette abbaye, et je dirai que j'ai perdu la feuille.

— Et... cela te paraît honnête pour un notaire ?

— Renvoyer du monastère des femmes et des enfants sans soutien ne me paraît pas honnête non plus. Surtout que je ne vois pas pourquoi les moines devraient rester célibataires.

Alaïs le fixa un moment, puis elle sourit. Loup avait toujours eu envie de se marier. Elle regarda de nouveau vers les écuries. Depuis la porte, le palefrenier l'observait, immobile. Il détourna vite son regard et disparut à l'intérieur.

Toute la nuit, la pluie frappa le toit avec violence. Toute la nuit, Alaïs revit le regard du palefrenier. Longtemps, elle resta blottie contre le mur, à écouter la pluie et, en arrière-fond, la respiration de Richeut et de sa servante. Elle n'arrivait pas à s'allonger, comme si elle avait peur de s'endormir, et c'est avec soulagement qu'elle vit arriver le jour.

Quand elle entra avec Richeut au réfectoire des hôtes, aucun moine n'était présent.

— Loup ! interpella l'abbé. Faites donc pour ces bons moines un petit récapitulatif écrit de leurs devoirs. Nous le leur laisserons en cadeau, puisqu'ils ont pris soin de ne pas l'entendre de vive voix. Rappelez-leur que, dans chaque monastère, on doit enseigner les psaumes, le chant, la grammaire, à prendre des notes, etc. Et qu'il n'est, dans aucun capitulaire, question de femme, de chasse ni de beuverie dans les auberges.

Ils repartirent sous la pluie, le capuchon rabattu sur les yeux, et chevauchèrent à travers les pâturages écrasés de grisailles, des hameaux isolés et des forêts détrempées, sans voir personne. Le nouveau cheval d'Alaïs était gris pommelé, un peu lourd et peu élégant, mais il avait le pas sûr et régulier. Il la menait sans à-coup, lui évitant intelligemment branches et ornières et lui lançait de côté des regards interrogatifs qui l'amusaient. Alors elle lui tapotait l'encolure, et il redressait les oreilles d'un air satisfait.

Au soir, ils arrivèrent à une petite ville entourée de vieux remparts romains à moitié effondrés et chevauchés par des maisons de pierres. Par les rues boueuses, ils rejoignirent l'habitation du chanoine[1].

On s'y nettoya aux étuves des fatigues du voyage, on sécha tant bien que mal ses vêtements devant l'immense cheminée où brûlait un feu

1. Religieux responsable d'une église importante.

d'enfer puis, une soupe chaude avalée, on se partagea les deux chambres. Les soldats et les serviteurs dans l'une, les maîtres dans l'autre. Dans chacune, trois châlits garnis de matelas s'alignaient le long du mur.

À travers le trou percé dans le volet, Alaïs voyait l'œil rond de la lune. Les nuages couraient à grande vitesse et le ciel se dégageait par intermittence. Ils auraient peut-être meilleur temps demain. On entendait la rivière rouler sourdement les cailloux sous la fenêtre et des troncs dérivant frapper de temps en temps le bas du mur.

Alaïs fut réveillée au milieu de la nuit par une main froide qui se glissait dans l'échancrure de sa tunique. Elle la rejeta et tenta de se redresser, mais une autre main se posa brutalement sur sa bouche et un corps écrasa le sien. Elle tira sur la main de toute sa rage et, un court instant, réussit à se libérer. Ce fut trop bref. Des lèvres se posèrent sur les siennes. Elle frappa violemment l'agresseur de ses poings et, là, Richeut qui dormait sur le même matelas se réveilla.

— Qu'est-ce qui se passe ?

Le poids qui pesait sur Alaïs s'envola d'un coup, il y eut un mouvement de fuite et un bruit de porte. Alaïs bondit vers le battant et le rouvrit à toute volée. On entendit dans la chambre le glissement d'une épée dans son fourreau et le comte cria :

— Qui va là ?

Dans le couloir, il faisait nuit noire et il n'y avait aucun bruit. Le temps de rallumer les torches, l'agresseur aurait disparu. Toute la chambrée s'éveilla.

— Quelqu'un a agressé Alaïs, souffla Richeut d'une voix étranglée.

— Agressée ? s'écria l'abbé. On en voulait à sa bourse ?

— Je… ne crois pas, répondit Alaïs. Plutôt à… mon honneur.

Hunold ajouta :

— En tout cas, ce cochon a pris peur et il a filé.

Il y eut un silence, puis le comte, qui compensait sa mauvaise vue par une plus grande attention aux bruits, déclara :

— J'ai entendu un grincement de porte, mais aucun pas s'enfuyant dans le couloir.

— Que voulez-vous dire ? s'inquiéta l'abbé. Un être maléfique qui se déplacerait sans toucher terre ? Ce sont croyances de païens !

Personne ne répondit. Aucun autre que lui, en réalité, n'avait pensé à un être maléfique.

— Je veux dire, l'éclaira le comte, que le visiteur n'est pas un novice, il sait se couler sans bruit.

Alaïs regretta de n'avoir pas mordu la main qui la bâillonnait. La marque de ses dents aurait dénoncé le coupable s'ils le croisaient.

Au matin, le chanoine fut froissé d'apprendre ce qui était arrivé chez lui. Il les informa qu'il avait entendu des pas dans le couloir pendant la nuit, mais le comte expliqua que c'était lui qui était allé assouvir un besoin naturel.

On décida de repartir au plus tôt et, à peine le petit-déjeuner avalé, on se prépara. C'est là qu'on découvrit que les bagages d'Alaïs avaient disparu de la chambre !

Impossible de comprendre ce qui s'était passé jusqu'à ce qu'un bouvier avertisse que, en menant ses vaches aux champs, il avait vu un paquet voler par la fenêtre du chanoine. Il n'avait rien pu faire, la rivière avait aussitôt tout emporté.

Il ne s'agissait donc pas d'un vol ! L'agresseur, furieux d'avoir raté son coup, était sans doute revenu se venger en jetant par la fenêtre le sac de sa victime.

Alaïs était effarée. Heureusement, personne ne comprenait le véritable sens de ce qui se passait, puisque personne ne savait qui elle était vraiment.

Quelle serait la réaction des missi s'ils l'apprenaient ? Dans la même situation, les conseillers de l'empereur avaient suggéré de la faire disparaître...

Tout recommençait ! Les amis de Tassilon l'avaient retrouvée. L'homme *qui se coulait sans bruit* n'était pas un voleur ordinaire. Il avait cherché à l'enlever et, cette nuit, à la violer... sans doute pour être ensuite en droit d'exiger qu'elle devienne sa femme.

Qui ?

— C'est terrible, se lamenta Richeut. Tu n'as plus de vêtement de rechange.

Alaïs tenta de respirer. Plus de vêtements... ! Quelle importance alors qu'une telle menace planait ? Quelle importance alors que Willi se mariait ?

13

Trop !

Malgré la réapparition du soleil, la campagne se souvenait de la pluie, elle était gorgée d'eau, les rivières débordaient. Se détournant cent fois de leur chemin pour trouver un passage, les voyageurs prirent beaucoup de retard et n'arrivèrent pas pour le soir à l'abbaye espérée. Ils s'arrêtèrent à un pauvre village au sommet d'une colline, une petite église et quelques maisons dont le toit de chaume laissait échapper la fumée par un simple trou. Ils achetèrent un âne qui venait de mourir de vieillesse et firent griller sa viande sur des brochettes de bois vert.

Impossible de loger dans les maisons : elles étaient minuscules et la moitié de leur surface était occupée par le foyer creusé dans le sol. On trouva refuge dans une grange, avec la consolation de n'y être pas gênés par la fumée. Comme le foin était frais, la nuit fut tout de même perturbée par d'incoercibles éternuements.

Alaïs, elle, eut l'impression de n'avoir pas dormi un seul instant. Au matin, elle attendit que tout le monde soit sorti pour se laisser glisser du tas de foin puis, du pas de la porte, jeta un rapide regard circulaire. Les villageois vaquaient à leurs occupations et, derrière la grange, elle entendait Loup expliquer qu'on ne devait pas se contenter de planter des choux, des oignons ou des fèves, que l'empereur voulait aussi les voir planter au potager d'autres légumes, qui assureraient leur survie tout au long de l'année : des carottes, des petits pois, des artichauts… Il énuméra la liste donnée par le capitulaire *De Villis*.

Au moment où il prononçait le mot « citrouille », Alaïs aperçut un homme en grand manteau qui suivait le talus, l'air de se cacher. Il ne ressemblait pas à un paysan et venait droit sur la grange !

Elle regarda vers la maison. À mi-chemin, se dressait un toit juste posé sur le sol et invisible pour l'arrivant. Elle s'élança.

Elle ne vit qu'au dernier moment qu'il abritait un trou ! Elle se retrouva au fond, sur des écheveaux de chanvre et de lin. Debout en face d'elle, une femme la menaçait d'une paire de ciseaux de fer. Elle se releva en écartant les mains pour montrer qu'elle n'avait pas de mauvaises intentions et, enfin, la femme la reconnut.

— Qu'est-ce qui vous est arrivé, damoiselle ? Vous n'aviez pas vu la fosse ?

Près d'elle, un métier à tisser – simple cadre de bois – était appuyé à la paroi.

— Je regardais derrière moi, expliqua Alaïs en faisant un geste en direction de l'homme qui longeait le talus.

La fileuse jeta un regard dehors, puis elle chuchota d'un air effrayé :

— C'est le prêtre. Il est exprès en avance pour la messe ! Je vous en supplie, damoiselle, ne lui dites pas que je filais, il est venu pour me surprendre.

Elle n'avait pas tort. En quelques pas, le prêtre fut à la fosse.

— Tu travailles le jour du seigneur !

— Non, protesta la femme, je…

— On est dimanche, tu t'en souviens ? Tu veux donc être excommuniée ? Dieu a créé le monde en six jours et s'est reposé le septième. L'Église et l'empereur t'ordonnent de faire de même !

Il glissa un regard vers la maison, espérant sans doute que les missi constataient son zèle. Il reprit :

— « L'homme ne labourera pas, ne moissonnera pas, ne dressera pas de haies, ne taillera pas de pierres, ne construira pas de maisons, ne TISSERA PAS, ne coudra pas ni ne lavera de vêtements ! Ce jour-là, on s'assemblera pour célébrer la messe et remercier Dieu de ses bontés. »

Alaïs intervint :

— Elle est ici à cause de moi. J'ai demandé à visiter son atelier. Je n'en avais jamais vu d'enterré.

La femme saisit la balle au bond :

— Comme je vous le disais, damoiselle, c'est à cause du lin. Il doit rester humide pour qu'on puisse le tisser.

La sueur ruisselait sur ses joues écarlates, et le prêtre ne fut pas dupe, seulement il n'osa pas traiter de menteuse une jeune fille accompagnant des missi.

— Que je ne t'y reprenne pas ! lâcha-t-il en pointant sur la tisserande un doigt menaçant.

Et il repartit vers la chapelle.

— Merci, damoiselle, souffla la femme. Je ne suis pas une mauvaise chrétienne, c'est juste qu'il y a tant de travail… Et avec toutes les journées qu'on doit au seigneur pour transporter ses tonneaux, couper son bois, réparer les chemins…

— Je comprends, acquiesça Alaïs. Mais je crois qu'il est temps de nous rendre à la messe.

La chapelle avait la même odeur que la grange, car le prêtre y avait entassé la dîme payée par ses fidèles sous forme de bottes de foin – ce qui, nota Alaïs non sans ironie, était aussi strictement interdit.

En tout cas, à cause de la présence des missi, personne ne bavarda pendant l'office, bien que ce soit l'unique moment de la semaine où, venant des fermes éloignées, on pouvait se retrouver. Seule à n'être pas impressionnée, une portée de chiots jouait en jappant devant l'autel.

On se rattrapa à la sortie, en échangeant les nouvelles à toute vitesse. Puis un paysan monta sur un tonneau et se mit à chanter.

— Damoiselles, lança une femme en tendant la main vers les jeunes filles, venez danser avec nous !

Alaïs crut que Richeut refuserait, mais celle-ci s'exclama :

— Oh oui ! Allons-y !

Elle choisit néanmoins ses voisins : Loup d'un côté, Hunold de l'autre. La femme attrapa la main d'Alaïs et l'entraîna. Le prêtre protesta :

— Saint Augustin a dit : « La danse est un cercle au milieu duquel se trouve le diable. »

Mais la ronde tournait déjà, et de plus en plus vite. Derrière Alaïs, la femme riait comme une folle, faisait des bonds joyeux. Trop. Elle finit par trébucher.

Elle se raccrocha à Alaïs pour ne pas tomber et déchira sa robe de dessus du col à la taille.

— Oh ! Pardonnez-moi, belle demoiselle ! Pardonnez-moi !

La femme semblait terrifiée et gémissait aussi fort qu'elle avait ri l'instant d'avant.

— Ouh ! s'exclama Richeut en constatant les dégâts, c'est irréparable ! (Son regard se fit angoissé et elle baissa le ton.) Alaïs, est-ce que tout cela est normal ?

— Ce n'est qu'une robe déchirée.

— Ta dernière robe ! Est-ce que tu comprends ? Le sort s'acharne…

Hunold ricana :

— Eh bien, l'affaire est réglée, ton chemin s'arrête là. Tu devras rester ici le temps que ces paysannes te cousent une nouvelle tenue. Pas élégante, évidemment, il ne faut pas trop en demander.

Alaïs l'interrompit :

— Ne pourrais-tu plutôt m'en prêter une, Richeut ?

— Je suis plus grande que toi, elle ne t'irait pas.

Alaïs la regarda d'un air interloqué.

— L'empereur te refera une garde-robe, commenta Richeut. Mais ne rentre pas seule, promets-le-moi. Attends le passage d'une troupe de marchands ou de pèlerins à laquelle tu pourras te joindre. (Elle baissa la voix.) Tu l'as fait exprès pour avoir une raison de repartir ?

Alaïs ne put répondre. L'abbé s'approchait, l'examinant avec suspicion. Pour la quatrième fois, c'était elle qui était victime !

— Je fais la même taille que toi, dit alors Loup, j'ai des braies et une tunique qui devraient t'aller.

Richeut ouvrit des yeux effarés :

— Quelle horreur ! Nous ne pouvons l'obliger à s'habiller en garçon !

— Pourquoi pas ? coupa Alaïs. Ce serait parfait.

— Messire l'abbé ! Vous entendez cela ? s'exclama Richeut.

Baudouin secoua la tête, embarrassé.

— Voilà qui est effectivement ennuyeux. Je ne sais si Dieu…

— Je ne crois pas que Dieu s'en formalisera, s'immisça le comte. Mieux vaut une fille habillée en garçon qu'une fille dépenaillée. Et je n'ai nulle envie de me passer de notre interprète.

De leur interprète ou de ses yeux ? En tout cas, l'abbé n'osa pas insister. Alaïs conclut :

— Allons, Loup, montre-moi cette tenue.

— Alors ça, fit Richeut, sidérée, c'est héroïque. Je n'aurais pas eu ce courage.

Alaïs sourit. « Héroïque » !

— C'est bizarre, tout ce qui t'arrive depuis qu'on est partis, lui souffla Loup tandis qu'ils regagnaient la grange. Tu as une idée de ce qui pourrait expliquer ça ?

— Je ne vois pas, répondit Alaïs.

C'est surtout qu'elle ne comprenait pas ! Qu'on essaye de l'enlever, de la violer, pouvait s'expliquer. La mort de sa jument qui la laissait à pied, peut-être aussi. Mais ce qui venait de se passer ?

— Une mauvaise série, déclara-t-elle. Les mauvaises séries finissent toujours par s'arrêter.

Loup reparti, Alaïs ôta sa robe et enfila les braies. Elles étaient juste à sa taille. La tunique qu'elle passa par-dessus arrivait bien aux genoux et sa ceinture allait parfaitement avec. Elle entoura ses jambes de bandelettes, passa le gilet en peau de loutre et se trouva très bien. Elle sourit. Puis elle songea soudain que…

Elle se rappela les ciseaux qu'elle avait vus chez la tisserande et chercha celle-ci des yeux.

14

Le denier de Karolus

— Mon Dieu, c'est vous, damoiselle Alaïs ! s'exclama l'abbé.

Le comte leva un visage intrigué. Alaïs expliqua pour l'éclairer :

— Puisque je suis habillée en garçon, je me suis fait couper les cheveux à hauteur des épaules.

— Ma foi, déclara-t-il aussitôt, cette coiffure vous va fort bien.

— Mon Dieu, insista l'abbé, est-il chrétien de se coiffer en garçon ? Nous avions juste convenu d'un costume !

— Je suis désolée, répondit Alaïs, j'avais mal compris. J'ai pensé que si on me prenait vraiment pour un garçon, personne ne songerait à critiquer ma tenue ni à vous la reprocher.

L'abbé hocha la tête d'un air incertain, avant de soupirer :

— Ce qui est fait est fait. J'espère que Dieu vous le pardonnera.

— Accompagnez-moi, jeune homme, lança le comte d'un ton amusé.

Il était beaucoup plus facile de monter à cheval en costume de garçon ! D'un coup, Alaïs se sentit mieux. Elle était devenue quelqu'un d'autre, et cela lui donnait l'impression qu'elle ne craignait plus rien. Même pas de rencontrer Willi ! Après tout ce temps, il avait dû changer et ne lui plairait peut-être plus. Elle n'aurait donc rien à regretter. Oui, elle irait au bout du chemin.

Était-ce la magie du costume de garçon ? Le mauvais sort avait lâché prise, et ils arrivèrent sans encombre à Valenciennes.

— Nous allons droit vers les remparts, chuchota Alaïs au comte. Il y a six gardes à la porte.

Évrard fouilla dans les sacoches du cheval et en sortit un parchemin qu'il lui tendit.

— Remettez-leur ceci.

Alaïs prit donc les devants et confia le texte au chef des gardes. Celui-ci le déroula d'un air suffisant… et le déchiffra avec beaucoup moins de superbe : il ne connaissait pas le latin. Alaïs traduisit :

— « L'abbé Baudouin et le comte Évrard sont envoyés pour contrôler l'observance du droit et les serments prêtés à l'empereur… »

Le chef jeta un regard inquiet vers les missi, puis vers ses hommes.

— « … tout d'abord dans la cité de Valenciennes, ensuite à Saint-Quentin, Amiens, Rouen et jusqu'à la mer. »

Alaïs repéra qu'un soldat filait par-derrière vers une grosse et belle bâtisse – sans doute le palais, puisque Valenciennes était domaine royal. Elle finit :

— « Toute tentative pour entraver leur mission serait considérée comme un crime de lèse-majesté. »

Le chef des gardes s'inclina.

— Je suis à votre service, messires. Je vais vous accompagner au palais.

— J'aperçois des barques là-bas, intervint l'abbé. Je suppose que c'est le port. Voyons-le d'abord.

Le garde eut l'air subitement anxieux et tourna les yeux vers le palais. Et là, il se détendit en apercevant un homme grand et sec qui, averti sans doute par le soldat, approchait à grands pas.

— Je suis le sénéchal du domaine royal, se présenta le nouveau venu, et souhaite la bienvenue aux envoyés de l'empereur.

Les missi saluèrent avec un peu d'agacement. Ils auraient préféré parler d'abord aux serviteurs, qui avaient moins de raisons que leurs maîtres de faire de la dissimulation.

— Vous posiez une question au sujet du port, reprit le sénéchal. Il s'agit du point d'amarrage le plus en amont de l'Escaut, et nous y entretenons une garde permanente. Aucun bateau ne peut éviter la taxe d'accostage, croyez-moi.

Hunold ricana sourdement :

— Espérons qu'elle va bien dans les caisses de l'empire.

Le comte fronça les sourcils.

— Jeune homme, allez donc vous faire attribuer une chambre au palais. À cette heure, seule la présence de l'interprète est justifiée.

Hunold adressa une grimace à Alaïs, qui répondit en levant les yeux au ciel.

— Resterez-vous longtemps ? s'enquit le sénéchal d'un air un peu trop détaché.

— Nous sommes surtout ici pour le serment, répondit l'abbé. Faites savoir sur l'ensemble du territoire que tous les hommes libres de plus de douze ans doivent se présenter au palais.

— Je vais envoyer des messagers, promit le sénéchal, soulagé qu'il ne s'agisse que de cela.

— Nous en profiterons pour effectuer quelques vérifications, ajouta l'abbé. Le registre des taxes portuaires et celui de l'atelier monétaire, par exemple, étant donné que la ville est autorisée à frapper monnaie.

— Notre bonne ville a cet immense honneur, répondit le sénéchal en s'inclinant. Et croyez bien que tout est en règle, nous avons adopté les nouvelles pièces, celles où figure le portrait de notre bien-aimé empereur Charles. Et nos registres vous confirmeront que nous reversons scrupuleusement au Trésor impérial la taxe qui lui revient sur cette frappe.

— Nous n'en doutons pas, acquiesça le comte.

Il n'allait néanmoins pas se priver de tout vérifier, et surtout de peser les pièces pour s'assurer qu'elles faisaient le bon poids.

Les trois hommes parlant latin, il n'était pas utile qu'Alaïs descende dans l'atelier secret, et les missi la laissèrent en haut de l'escalier avant de disparaître dans les entrailles de la terre.

Elle resta là, tendue, à surveiller les alentours. Les missi n'imaginaient pas combien elle était en danger ! Elle tenta de se rassurer : l'entrée de l'atelier se trouvait à l'intérieur de la cour du palais, elle-même surveillée par des gardes.

Elle se crispa. Un homme venait vers elle ! Entre deux âges, vêtu comme un notable. Il lui chuchota :

— Vous êtes le protégé du comte ?

Elle mit un instant à comprendre ce qu'il disait. Il la prenait juste pour un jeune noble au service d'un seigneur ! Elle acquiesça. L'autre poursuivit :

— De quel genre est-il ? (Il sembla hésiter.) Est-ce un homme qu'on achète ?

Et il lui glissa dans la main… un denier d'argent – de l'ancien modèle, qui portait juste le nom de l'empereur, KAROLUS. Elle fit comme si elle ne comprenait pas qu'on voulait elle aussi l'acheter et répondit en lui rendant la pièce :

— Si vous voulez mon avis, n'essayez pas.

Une main passa entre eux et attrapa la pièce au vol. Hunold ! Il observa le denier avec un sourire moqueur.

— Le comte Évrard possède une des plus grosses fortunes de l'empire, se moqua-t-il. Pour le tenter, il en faudrait beaucoup comme celle-ci.

Et, ouvrant d'un geste vif le col d'Alaïs, il fit tomber la pièce entre sa tunique et sa chemise. La jeune fille défit précipitamment la boucle de sa ceinture pour libérer la pièce, et celle-ci tomba sur le sol avec un tintement cristallin. Elle la ramassa et la rendit à l'homme. Il était temps, les missi revenaient ! Ces pièces n'avaient plus cours à Aix. Si on en trouvait en sa possession, on se demanderait comment elle l'avait acquise et si elle ne s'était pas laissé corrompre. Elle adressa un regard furieux à Hunold, qui répondit par un ricanement.

Richeut avait déjà fait une reconnaissance des chambres et semblait très excitée. Le palais étant assez vaste pour loger les grandes assemblées d'hiver, il possédait beaucoup de chambres.

— Avec tentures et coffres ! commenta-t-elle. Ça nous changera de la boue et de la crotte. En plus, demain soir, il y a une grande réception !

— Une réception ? (Alaïs désigna sa tenue.) Je ne sais pas si…

— Ne t'inquiète pas, je te prêterai une robe, ma servante lui fera un ourlet pour la mettre à ta taille.

Décidément, Richeut s'améliorait ! Alaïs la remercia d'un sourire. Une réception lui changerait les idées. Oui, tout allait beaucoup mieux.

C'est ce qu'elle croyait.

15

Drôle de serment

La ville bruissait de chuchotements. C'est que, ce matin, on avait le droit d'entrer dans le palais, et les hommes s'étaient endimanchés comme un jour de fête. Tandis que les notables se dirigeaient directement vers la salle d'apparat, le peuple se regroupait dans la cour.

Alaïs avait dissimulé sous un voile ses cheveux coupés et revêtu la jolie robe pourpre prêtée par Richeut. Assise près du comte, elle lui décrivait à mesure les arrivants.

— Un vieux barbu très grand… Une petite femme ronde… Un jeune garçon avec sa mère à sa droite…

Quand tous les notables furent rassemblés, Évrard monta sur une estrade et fit en latin le résumé des décisions prises par la dernière assemblée d'Aix. Il fut question du temps à consacrer chaque jour au service de Dieu, du devoir de protection des veuves, des pauvres et des orphelins, de l'obligation pour les échevins[1] de recopier et de diffuser les capitulaires concernant la gestion des domaines et l'instruction des jeunes. Il rappela ensuite sa mission principale : recueillir les serments. Car l'empereur ne voulait sur ses terres que des hommes sûrs.

Après cela, on fit entrer la foule. Émerveillés, les hommes regardaient partout, les sculptures et les ors, en murmurant entre eux des commentaires. Quand tous furent entrés, le comte demanda le silence et reprit la parole :

— Je vous rappelle que le serment que vous allez prononcer vous engage pour votre vie entière. Toute insoumission serait donc considérée comme un parjure et punie en conséquence.

L'abbé intervint de sa voix impressionnante :

— « Insoumission » ne signifie pas seulement désobéissance aux ordres, mais manque de vigueur pour recruter ses gens pour la guerre, manque d'enthousiasme pour partir à la guerre, mollesse à payer l'impôt et autre mauvaise volonté.

Les hommes répétèrent d'une seule voix qu'ils respecteraient strictement les ordres de Charles *couronné par Dieu, grand et pacifique empereur*. Après quoi on apporta les reliques

1. Magistrats municipaux.

sorties pour la circonstance de l'église Saint-Saulve et on s'attaqua aux prestations de serments.

— Nous commencerons par les jeunes qui ont atteint douze ans depuis le dernier passage de missi, expliqua l'abbé, et poursuivrons dans l'ordre par ceux qui, pour une raison ou une autre, n'ont pas encore juré. Se présenteront les seigneurs, les notables, les prêtres, les propriétaires, les serviteurs, les serfs, les colons et les esclaves. Ceux qui ne savent pas lire répéteront les paroles qu'on leur dictera.

S'avança donc en premier le fils aîné du comte de Famars. Du haut de ses douze ans, il s'efforça de prendre une voix grave et, posant la main sur le reliquaire doré, lut le parchemin :

— *Je promets par serment qu'à partir d'aujourd'hui je serai fidèle au seigneur Charles, très pieux empereur, fils du roi Pépin et de la reine Berthe, avec sincérité, sans tromperie ni mauvaises intentions, comme un homme doit l'être vis-à-vis de son seigneur. Je m'y consacrerai tous les jours de ma vie. Que Dieu et les saints dont les reliques sont en ces lieux me protègent.*

Le comte le congédiait d'un mouvement de main, quand le jeune seigneur ajouta :

— *Je jure aussi de ne pas aider la damoiselle Alaïs, nièce du duc Tassilon, à s'emparer du trône de Bavière.*

Il y eut un moment de stupéfaction chez ceux qui connaissaient le véritable serment, puis l'abbé saisit vivement le parchemin.

— C'est bien ce qui est écrit ! (Il s'empourpra de colère.) Mais cette dernière phrase est d'une autre main !

— Il s'agit d'une malencontreuse plaisanterie de scribe, décréta le comte, aussi vous ne prononcerez pas la dernière phrase.

L'abbé prit sa voix la plus grave pour tonner :

— Nous allons mener une enquête pour savoir qui a falsifié le document ! Se moquer des envoyés du seigneur est crime de lèse-majesté !

Il y eut un silence terrifié. Le comte Évrard reprit la parole :

— D'autant que la jeune Alaïs citée ici n'est nullement la nièce du duc Tassilon. Et cela pour une excellente raison : j'ai moi-même assisté à sa naissance pendant un voyage en Aquitaine où sa mère accompagnait la famille royale. Elle est la fille de dame Émine et du comte Adalbert, et ceux-ci n'ont aucun lien de parenté avec le traître Tassilon.

Pétrifiée depuis que l'horrible phrase avait frappé son oreille, Alaïs se remit peu à peu à respirer. Le comte mentait pour lui sauver la vie. Parce qu'après une pareille révélation, elle risquait autant d'être assassinée par les défenseurs de l'empire qu'enlevée par les partisans de Tassilon.

Le sénéchal bredouilla qu'ils allaient retrouver le coupable, et on reprit la séance pour faire oublier l'incident. Mais, évidemment, Alaïs n'oublia rien. Qui avait écrit ces mots, et pourquoi ? Et qui connaissait sa véritable identité ? Les missi eux-mêmes l'ignoraient !

Elle avait beau retourner tout ça dans sa tête, elle n'y comprenait rien. Si des Bavarois essayaient de l'enlever, ils n'avaient aucun intérêt à attirer l'attention sur elle !

La fête fut annulée, et on passa la soirée à interroger scribes et serviteurs, tous ceux qui avaient pu avoir accès à la sacoche des missi.

— Tu es vraiment la nièce de ce duc ? souffla Richeut tandis qu'elles regagnaient toutes deux leur chambre.

— C'est une plaisanterie, repartit Alaïs, tu as entendu le comte.

Richeut sourit.

— Le comte a dit ça pour te protéger, non ?

— Absolument pas ! Il a bien connu mes parents.

— Mais pourquoi aurait-on prétendu ce genre de bêtise ?

— Je n'en sais rien ! s'exclama Alaïs.

— Et ce duc, tu le connais ?

— Par nos cours d'histoire. Tassilon était cousin de Charles. Il s'est révolté contre lui pour obtenir l'indépendance de la Bavière et a été vaincu. Il est mort depuis longtemps, cette histoire est terminée.

— Sauf si tu es sa nièce, remarqua Richeut.

Alaïs se força à sourire :

— Si j'étais sa nièce, je ne revendiquerais sûrement pas le trône. La Bavière appartient à l'empire des Francs, c'est tout. Mais, heureusement pour moi, je n'ai rien à voir avec ce Tassilon.

Il y eut un silence, puis Richeut observa :

— Hunold pense que, si cette nièce existait, Charles n'aurait que deux solutions : la tuer ou l'enfermer au couvent.

Le cœur d'Alaïs s'accéléra. Elle était certaine que Richeut avait compris la vérité, et Hunold aussi.

En réalité, il y avait une troisième solution : la marier à un homme sûr et qui n'ait rien à voir avec la Bavière. Elle avait tant espéré que ce serait Willi…

Mais tout était fini. Et si Charles apprenait ce qui venait de se passer…

Le jour n'était pas levé qu'un cheval quittait le palais. Un messager spécial pour la cour d'Aix, avec une missive urgente portant en rouge le nom d'Alaïs.

16

L'odeur de la mort

— Seigneur Willibald, voici ce que vous avez demandé.

Le comte de Lillebonne saisit le registre où le vieil intendant inscrivait les recettes et les dépenses du comté, et s'assit près de la fenêtre pour étudier les chiffres. Il avait confiance dans son intendant, mais il ne voulait aucune erreur dans le bilan qu'il présenterait à Charles. Il était loin, le temps où la vengeance dictait ses actes, où il ne rêvait que de tuer l'empereur des Francs. Loin, oui… Et son revirement avait eu pour nom Alaïs.

Il chassa ces pensées et vérifia que pour chaque taxe, chaque impôt, chaque amende perçue, la part revenant à Charles avait bien été mise de côté.

Quand enfin il referma le registre, l'intendant fit observer :

— L'année a été bonne, les récoltes fructueuses. Le comté est florissant, il est peut-être temps de songer à vous établir.

— Hum…

— Je veux dire, insista le vieil homme, que vous pouvez subvenir aux besoins d'une femme et d'enfants.

— Je sais très bien ce que vous voulez dire, l'arrêta Willi. Bien qu'il y ait fort longtemps que je ne l'ai pas entendu. Au moins… (il compta sur ses doigts) une semaine.

— Messire, vous avez dix-sept ans, largement l'âge de convoler. Et votre voisin vous propose sa fille. Une telle alliance territoriale est une occasion à ne pas manquer.

— Je sais. Je sais.

— De plus, cette jeune fille est charmante et très amoureuse de vous. Que rêver de mieux ? Dois-je vous rappeler qu'elle représente le meilleur avenir pour le comté. Elle est en âge d'avoir des enfants et me paraît la personne…

— Idéale. Inutile de me le répéter.

Il y eut un silence, et l'intendant demanda d'un ton insidieux :

— C'est à cause de cette Alaïs ?

Willi leva la tête :

— Qui vous en a parlé ?

— Votre cousin Otfrid.

— Otfrid ferait mieux de se taire. Alaïs est juste une amie.

Une amie… Pourtant, c'est avec elle qu'il aurait voulu passer sa vie. Il l'avait attendue jusqu'au soir, jusqu'à la nuit, jusqu'à ce que les remparts d'Aix s'effacent à sa vue. Elle n'était pas venue.

Il lui avait écrit : « Si tu partages les sentiments que j'ai pour toi… »

Mais elle n'était pas venue.

Sans doute ne comprenait-il rien aux femmes. Elle n'était pas amoureuse de lui. Du moins pas assez pour sacrifier le confort de sa vie au palais. Il avait eu tort de la croire différente des autres, de penser qu'elle pouvait, en un instant, quitter sa maison, ses amies, prendre son sac et le suivre.

Alaïs n'avait pas fermé l'œil de la nuit. Elle s'appuya à la fenêtre. Le jour se levait, les palefreniers s'affairaient autour des écuries, et celui qui avait des yeux pervenche était justement en train de s'occuper de son cheval. Elle se redressa subitement. Elle repensait à ce qu'il lui avait dit au monastère ! Elle sortit en courant.

L'homme leva la tête en entendant ses pas, puis il souffla :

— Rassurez-vous, damoiselle, je ne laisse personne d'autre s'en occuper.

C'était donc sur elle qu'il avait senti une menace ! Et ce cheval, il le lui avait choisi personnellement à l'abbaye, elle en était persuadée. Il n'avait pas opté pour la beauté comme l'aurait fait n'importe quel serviteur, mais pour la sécurité. Elle demanda :

— Un jour, tu m'as parlé d'un danger qui nous suivait depuis un moment. Est-ce que ce danger rôde toujours ?

Il hocha lentement la tête.

— Parle-moi, je t'en prie. Cette douleur dans ta nuque…

— Elle me vient quand je sens le Mal près de moi. (Il porta sa main à l'arrière de sa tête.) Et je l'ai toujours.

— Quel mal ?

— Une personne qui a de mauvaises intentions. Je suis sensible aux ondes néfastes, à l'odeur de la mort.

— Des mauvaises intentions… vis-à-vis de moi ?

— Je le crois. Mais je ne sais pas qui est cette personne.

Elle le regarda sans un mot. Comme elle en avait eu subitement la révélation, celui qui la poursuivait de ses attaques était avec eux depuis longtemps, il était l'un d'entre eux ! Qui ?

Le désespoir l'envahit. On l'avait agressée, montrée du doigt comme traîtresse, on lui avait volé ses bagages, peut-être même tué sa jument… Pourquoi ?

Ressortant de l'écurie, elle aperçut Loup qui venait vers elle. Elle ne l'avait pas vu depuis la veille, étant donné qu'il avait été occupé toute la soirée par l'enregistrement des serments.

— Qu'est-ce que cette histoire de Tassilon ? lui souffla-t-il. Pourquoi s'en prend-on à toi ?

Elle secoua la tête avec lassitude.

— Alaïs… Il y a toujours eu un mystère autour de toi, je le sais. Et personne n'a compris ce qui s'est passé, il y a deux ans, avec ce seigneur Mitarra, au palais. L'empereur te mariait à lui de toute urgence, et puis il a annulé.

Elle lui rappela la version officielle :

— Mitarra n'était pas, comme il le faisait croire, le neveu du prince des Vascons.

— Ça n'explique pas pourquoi on avait tellement précipité ce mariage !

Alaïs lui prit le bras.

— On… On voulait me marier vite pour

protéger l'empire. Pour que j'échappe à une récupération par la Bavière.

— Alors c'est vrai, tu es la nièce de Tassilon ?

— Et, au dernier moment, Charles a découvert que ce prétendu Mitarra était en réalité un seigneur bavarois.

Il l'avait découvert grâce à Willi, qui avait renoncé à sa propre vengeance pour la sauver.

Loup s'emballa :

— Je ne laisserai personne te faire de mal ! Je te défendrai !

Alaïs regarda la fine main posée sur son bras, une main qui n'avait jamais tenu d'autre arme que la plume, et sourit avec affection.

Les échevins se présentèrent au petit-déjeuner confus et épuisés. Ils avaient passé la nuit à harceler tous ceux qui, au palais, savaient écrire, sans découvrir qui avait ajouté la fameuse phrase au serment.

— Et puis, souligna le sénéchal, personne ici ne connaissait le nom « Alaïs ». Personne non plus n'était au courant d'un problème récent avec la Bavière.

— Que voulez-vous dire ? s'emporta l'abbé Baudouin. Que ce document aurait été falsifié avant notre arrivée ?

Le sénéchal prit un air humble :

— Avez-vous fait prononcer ce serment à quelque autre personne avant Valenciennes ?

— Non, reconnut l'abbé avec mauvaise humeur, nous commencions ici.

Il y eut un silence. L'ajout avait donc pu être effectué pendant le voyage, à n'importe quel moment...

Le comte attendit que tous aient quitté la pièce et chuchota à Alaïs :

— Je crois que nous sommes seuls. Voulez-vous vérifier ?

Elle regarda dans le couloir et confirma qu'il n'y avait plus personne.

— Je compense ma mauvaise vue par une bonne ouïe, grimaça Évrard. Je les reconnais tous. Leur pas, leur voix, leur façon de respirer... Aussi j'en suis sûr : lorsque vous avez été agressée dans votre chambre, il n'y a pas eu de bruit dans le couloir, c'est donc que le coupable n'avait pas quitté la pièce. Il s'est contenté d'ouvrir et refermer la porte pour le faire croire. (Il soupira.) Et cependant, je ne sais pas qui c'est.

Qui était alors présent ? songea Alaïs. L'abbé et le comte. Loup – mais elle avait une absolue confiance en lui –, Hunold... et tous les serviteurs et soldats qui logeaient dans la chambre communicante ! Elle sursauta quand le comte lui demanda :

— Qui êtes-vous, Alaïs ?

— Messire, répondit-elle, vous avez assisté à ma naissance…

Il eut un sourire un peu triste.

— J'ai confiance en vous, Alaïs, et j'ai besoin de vous. Prenez garde à tout.

Alaïs sentit son cœur se serrer. Les missi non plus n'avaient aucun doute sur son identité.

17

L'accident

À partir de Valenciennes, on devait s'arrêter dans chaque village pour faire jurer fidélité aux hommes présents et donner l'ordre aux centeniers [1] de parcourir la campagne pour recueillir les autres serments. Le premier soir, ne trouvant ni abbaye ni noble demeure, on prit pension dans une hôtellerie.

La pluie tomba si dru pendant la nuit que le four creusé au bout du bâtiment s'effondra sur lui-même. Au matin, ils trouvèrent l'hôtelier en train de défoncer le sol pour en préparer un nouveau. Ils n'étaient pas près d'avoir du pain ! À la place, ils eurent droit à une bouillie infecte, ce qui

1. Responsables d'un secteur du comté.

n'améliora pas l'humeur de l'abbé. Il commenta à l'adresse du comte Évrard :

— Cette bouillie est faite avec du grain pourri ! Pourtant ce pays semble prospère...

— À votre avis, ironisa le comte, dissimulation, réelle pauvreté ou hâte de nous voir partir ?

— S'il s'agit de pauvreté, on peut en déduire que les maîtres privent ces paysans de leurs récoltes. Et notre mission est de protéger les faibles. Si ce sont ces paysans qui dissimulent les récoltes pour ne pas payer l'impôt, nous devons sévir.

— Rassemblons les habitants, proposa le comte.

À l'heure de midi, tous ceux qui travaillaient la terre se retrouvèrent, contraints et forcés, à l'église. Comme partout, c'était le seul espace assez grand pour un rassemblement.

Pour commencer, Loup fut chargé d'énoncer les articles du *De Villis* sur les cultures. Il parla longtemps, montrant les images qu'il avait dessinées en marge du manuscrit et qui suscitèrent l'admiration. L'ambiance se détendit. On apprit par cœur ce qu'on devait planter près des maisons : cerisier, pommier, poirier, noyer, noisetiers, framboisiers, mûriers.

Le comte Évrard intervint ensuite pour remarquer d'un ton négligent qu'ils avaient bien besoin de conseils, puisque leurs terres si riches donnaient si peu.

Il y eut un flottement dans l'assemblée. Le comte poursuivit en se demandant tout haut si leur mauvaise technique était en cause, ou bien leur manque de courage, ou encore la dissimulation des récoltes.

— En tout cas, ajouta l'abbé, si ce qu'on nous a donné à manger ce matin est votre quotidien, vous êtes bien à plaindre.

— Les récoltes n'ont pas été bonnes, se défendit un laboureur.

— Ce pays a-t-il donc été victime de mauvais temps plus que ses voisins ? plaisanta le comte.

— On a les sangliers qui sortent de la forêt et nous arrachent les plants. Et aussi les tempestaires.

— Des tempestaires ? s'étonna le comte. Et qui sont-ils ?

La foule, embarrassée, se consulta du regard.

— Des êtres maléfiques, chuchota une femme. Ils déchaînent les tempêtes pour arracher et voler nos récoltes.

— Ce sont donc eux qui ont volé vos récoltes ? s'enquit le comte d'un ton ostensiblement patient.

— Oui. Ils les revendent à des hommes du pays de Magonie, qui viennent les prendre sur des navires volant dans le ciel.

L'abbé s'emporta :

— A-t-on déjà entendu pareilles sornettes !

— J'imagine parfaitement quelque chose qui vole, reprit le comte, mais je pense que c'est vous.

Le jeu de mots n'arracha pas le moindre sourire.

— Dieu voit vos mensonges, tonna l'abbé, vos tromperies vis-à-vis de l'empereur à qui Il a donné, sur cette Terre, mission de gouverner !

— Ce ne sont pas des mensonges, protesta l'hôtelier. On a même capturé trois hommes et une femme tombés de ces navires voguant sur les nuages. Mais ils ne nous ont pas échappé, on les a tués à coups de pierres.

— Vous les avez lapidés ? s'effara l'abbé. Est-ce donc à vous de rendre la justice ? Surtout pour des affaires de sorcellerie auxquelles l'Église vous interdit d'accorder foi !

Le comte se pencha pour lui souffler quelques mots à l'oreille puis, prenant Alaïs par le bras, il sortit.

— Cherchez des yeux une dépression dans le sol, dit-il quand ils furent dehors, une tache d'ombre qui vous paraîtrait artificielle. J'étais autrefois très doué pour les détecter… Le soleil est-il au plus haut dans le ciel ?

— Pas encore.

— Alors, la cavité se présentera comme une lune sombre sur le sol.

— Vous avez raison, j'en vois une. De quoi s'agit-il ?

— D'une cavité où ils ont enfoui leurs provisions, pardi !

Le comte revint à l'église et, sans un mot, reprit sa place près de l'abbé qui continuait à fulminer. Il attendit qu'il ait fini pour s'informer :

— Qui cultive le champ de l'ouest, derrière la haie ?

La main d'un petit homme hirsute se leva.

— Suis-moi, lâcha le comte.

Le cultivateur regarda autour de lui avec inquiétude, puis sortit derrière le comte et Alaïs. L'abbé fendit à son tour la foule, Hunold suivit, et tout le monde leur emboîta le pas.

À première vue, la dépression semblait n'être qu'une aspérité dans la prairie mais, si on y regardait de plus près, l'herbe y était plus jaune.

— Ôte cette herbe ! ordonna le comte.

Les mains tremblantes, le cultivateur obéit. Sous l'herbe, il y avait une plaque de bois.

— Ouvre !

Hunold écarta Alaïs pour regarder à son tour.

— Ces bouseux, tous des voleurs, grogna-t-il.

Surpris de l'entendre à ses côtés, le comte chercha Alaïs du regard, sans succès. La plaque de bois retomba de côté avec un bruit sourd, découvrant un large trou dans lequel il ne distingua rien. Il finit par s'exclamer sur le ton de la plaisanterie :

— Que voyez-vous ici, messire Hunold ?

— Une échelle qui descend dans une cache. Et, au fond, une belle provision de grain.

— Il n'y a pas grosse épaisseur, messire, protesta le paysan.

Hunold le saisit violemment par le devant de sa chemise.

— Vous nous avez donné à manger de la pourriture pour nous faire croire que vous n'avez plus de provisions, sales pouilleux !

L'homme était si menu qu'il semblait ne rien peser. Hunold le porta sur quelques pas puis l'envoya s'écraser contre une souche. Tout le monde s'écarta avec crainte.

— Si vous avez voulu nous le faire croire, se fâcha l'abbé, c'est que vous êtes coupables de fausses déclarations. (Il pointa le doigt sur l'homme qui se relevait, terrifié.) Non seulement tu nous mens, mais tu voles l'empereur et sans doute aussi ton seigneur !

— Non, je vous le jure ! gémit l'homme. C'est le maître qui m'a dit de garder ça ici parce qu'il n'avait plus de place dans ses greniers. Mais tout lui appartient.

— Tiens donc ! Quel dommage qu'il se trouve actuellement à l'assemblée d'Aix et ne puisse nous le confirmer. Moi, vois-tu, je crois plutôt que tu l'as dissimulé à ton propre profit.

Les missi se penchèrent de nouveau sur le trou. Le paysan était blême, une femme se mit à pleurer. Embarrassée, Alaïs s'écarta un peu pour ne pas avoir l'air de prendre parti. À cet instant, se produisit une bousculade à laquelle elle ne comprit rien, et qui l'aurait sûrement fait basculer dans le vide si elle ne s'était pas déplacée. Malheureusement, le comte et l'abbé n'eurent pas cette chance, ils disparurent dans la fosse.

18

Le bras de la justice

L'abbé avait un bras cassé et le comte souffrait de contusions. Sous le coup de la colère, ils improvisèrent immédiatement un tribunal. Ils firent installer pour eux des sièges pliants devant l'autel et rassemblèrent le village dans la nef.

Le bras droit serré dans une écharpe, l'abbé ordonna à l'accusé :

— Annonce tes nom et qualité.

— Je m'appelle Udo, bredouilla le petit homme, fils de Robert, mais je n'ai rien fait, je le…

— Le dénommé Udo, coupa l'abbé en détachant les mots, est accusé d'avoir tenté de tuer deux missi dominici, envoyés sacrés de l'empereur Charles.

— Ce n'est pas moi, messire, je le jure. Quelqu'un m'a poussé contre vous.

— Tu n'as pas la parole !

Le comte, moins furieux parce que moins atteint, demanda, de manière à respecter les procédures :

— Y a-t-il quelqu'un qui confirmerait ses paroles ?

Dans la foule, personne ne se manifesta. Tout s'était passé trop vite, ou bien personne ne voulait défendre l'accusé de peur d'être considéré comme complice.

— Qui donc t'aurait bousculé ? se moqua le comte. Un tempestaire ?

— C'est…

L'accusé regarda vers le groupe des jeunes nobles et lâcha rapidement :

— Ces seigneurs étaient derrière moi.

Hunold se redressa, le regard flamboyant.

— Insultes à des proches de l'empereur ! Qu'il soit pendu !

L'abbé reprit :

— Tu es coupable d'avoir dissimulé du grain. Cela prouve ton mauvais fond et te rend par là même suspect de la tentative d'assassinat. Justice sera rendue.

Les missi se levèrent avec dignité et se retirèrent derrière l'autel pour délibérer.

Alaïs observait le visage retors d'Hunold. Y était-il pour quelque chose ? Elle avait toujours eu l'impression qu'il était son agresseur chez le chanoine. La répulsion qu'il lui inspirait depuis cette nuit-là lui semblait un signe, et son odeur lui soulevait le cœur.

Et dans l'affaire présente, quelque chose lui disait que ce n'étaient pas les missi qu'on visait, mais elle. Elle, qui s'était écartée par hasard juste avant la bousculade.

Comment l'avouer aux missi ? D'autant qu'elle n'avait aucune preuve. Et s'ils découvraient qu'elle avait encore été visée, ils se sépareraient d'elles. Elle ne pouvait pourtant pas laisser condamner un innocent ! Rassemblant son courage, elle les rejoignit.

— Messires, je n'ai pas osé donner mon témoignage devant tous, cependant cet homme dit vrai. Il ne vous a pas poussés volontairement, il a été projeté vers l'avant et vous a heurtés malgré lui. Le condamner à mort serait une injustice.

Elle n'émettait qu'une supposition, puisqu'elle n'avait rien vu, mais elle espérait que Dieu ne lui en tiendrait pas rigueur. L'abbé leva la main :

— S'attaquer aux missi est un crime de lèse-majesté. Sciemment ou non, ce crime a été commis et ne peut rester impuni. Il en va de la grandeur de l'empire.

— Puisque l'homme refuse d'avouer, proposa le comte, organisons une ordalie. Dieu décidera.

(Il eut un petit sourire.) Et notre jeune interprète sera rassurée.

— Pourquoi pas, acquiesça l'abbé. C'est la plus sûre des justices, et nous ne pourrons pas être accusés de partialité.

— Parfait, reprit le comte. L'ordalie est votre domaine, que proposez-vous ? Faire marcher l'accusé sur neuf socs de charrue chauffés à blanc ?

— Ou plus simple : lui faire plonger le bras dans un chaudron d'eau bouillante pour attraper une croix posée au fond. S'il n'est pas grièvement brûlé, c'est qu'il est innocent.

Alaïs avait encore dans l'oreille les hurlements de l'accusé. Elle ne pouvait douter du jugement de Dieu, pourtant elle se sentait mal, très mal. L'homme avait été déclaré coupable et aussitôt pendu.

— Qu'est-ce que tu as, avec cette histoire de coupable ou non ? s'amusa Richeut. Si ce paysan était innocent, Dieu l'accueillera dans son paradis.

— Mais les grands de ce monde doivent la justice aux faibles ! La *justice*, tu comprends ?

Richeut éclata de rire.

— Les paysans, ça pousse dans le fumier par milliers, ne t'en fais donc pas pour eux.

Hunold tourna légèrement la tête pour les écouter. Il avait sur le visage un sourire ironique.

De nouveau, Alaïs fut sûre que c'était lui qui avait provoqué la bousculade.

L'abbé aussi était soucieux. Leur interprète avait été agressée, et maintenant c'étaient eux. Si les précédentes affaires avaient à voir avec cette histoire de Bavière, pourquoi s'en prendre à d'autres personnes de la troupe ?

Ou alors, le mauvais sort qui affectait Alaïs commençait à s'étendre à son entourage. Se débarrasser d'elle l'aurait bien soulagé. Hélas, il ne pouvait rien décider contre une jeune fille qui était sous la protection personnelle de l'empereur. Il avait hâte que le messager envoyé à Aix revienne avec des ordres.

Le comte aussi devait être troublé, car il se trompa de route à un carrefour et ils ne s'en aperçurent que longtemps après en ne trouvant pas le village prévu. Le chemin était boueux et envahi par des herbes détrempées terriblement glissantes.

— À qui appartiennent ces terres ? s'emporta l'abbé. Laisser des chemins dans cet état est criminel ! Loup, notez ça sur vos tablettes ! Ça figurera dans notre rapport, je vous le garantis.

Loup sortit ses tablettes de cire, et le comte ordonna qu'on s'arrête un moment afin qu'il écrive et que les palefreniers coupent de l'osier et tissent des garnitures pour les sabots des chevaux. Puis il s'isola avec l'abbé pour débattre de la situation.

Alaïs observa les alentours avec appréhension. Hunold ne s'occupait pas d'elle, il marchait sur la pointe des pieds vers Richeut qui observait le sol.

— Que fais-tu ? lâcha-t-il d'un coup.

Richeut sursauta.

— Je… lis l'avenir dans le crottin des chevaux.

— Et que lis-tu, sorcière ?

— Rien de bon. Quelqu'un parmi nous nous cause du tort. Je vois des malheurs à venir, beaucoup de malheurs.

L'abbé les interrompit :

— Que faites-vous là, malheureux ? Ignorez-vous que l'Église interdit les pratiques superstitieuses ?

— On s'amusait, c'est tout, protesta Hunold. Personne ne croit à ces bêtises.

— Quelqu'un qui porterait malheur, plaisanta à son tour Richeut, Dieu ne le permettrait pas.

— Je suis heureux de vous l'entendre dire, grommela l'abbé.

Et il en profita pour leur faire la leçon sur la responsabilité des grands de l'Empire de veiller sur l'âme des populations incultes. Quand il s'éloigna enfin, les deux jeunes se regardèrent en se retenant de rire. Puis Hunold partit manger, tandis que Richeut fouillait dans les sacoches de son cheval. Alaïs la vit regarder autour d'elle et s'en aller vers les arbres. Elle la suivit des yeux.

Cela ne dura qu'un instant. Richeut revint très vite et recommença à chuchoter avec Hunold.

Alaïs prit alors son cheval par les rênes et, faisant semblant d'observer sa démarche pour voir s'il ne boitait pas, le mena vers l'endroit que Richeut venait de quitter.

Elle repéra un petit morceau de parchemin coincé dans l'écorce d'un arbre, le détacha et lut : « Veillez sur ma route et ma destinée. »

Il s'agissait d'un charme protecteur ! Elle le glissa entre les deux épaisseurs de son gilet de loutre. Richeut n'avait peut-être pas de don pour lire l'avenir, mais elle était réellement inquiète.

Il était plus de midi quand ils repartirent. Le ciel était couvert, et les ruisseaux qui avaient débordé rendaient le sol spongieux. Çà et là, le terrain se trouait de mares d'eau stagnante, et le pays se transforma bientôt en un véritable marécage. On dut autoriser les palefreniers à monter sur les sommiers qui, pliant sous ce poids supplémentaire, n'avancèrent plus qu'avec peine.

Il faisait de plus en plus sombre. Le comte demeurait muet.

— Je crains que nous ne nous soyons égarés, s'inquiéta finalement l'abbé.

— Si les sentiers étaient mieux entretenus, avec des bornes de direction, observa le comte, cela n'arriverait pas ! Un grand empire doit être desservi par de bonnes routes, il en va de sa survie !

Et il entama en direction des jeunes – qui auraient un jour des responsabilités sur leurs terres – un discours sur l'utilité des routes, tant pour la circulation des marchandises que pour la marche de l'armée qui devait pouvoir intervenir promptement en tout point de l'empire.

L'interrompant, Richeut souffla d'une voix altérée :

— Le ciel est noir, le soleil va se coucher. Il ne faudrait pas que la nuit nous surprenne ici.

On observa les alentours avec anxiété. Les marais étaient réputés regorger d'êtres maléfiques.

19

Le passage

— C'est une ancienne cellule d'ascète, annonça l'abbé en montrant la pauvre cabane qui se haussait sur un terre-plein. Il y a place pour deux personnes au plus.

— Je couche à l'intérieur, décréta immédiatement Richeut.

Il y eut un silence interloqué, puis l'abbé reconnut :

— Il est vrai que nous devons réserver l'abri aux jeunes filles. Elles craignent plus que nous les brigands. (Il adressa au comte un regard significatif.)

— Et le froid, et les loups qui aiment la chair tendre, ajouta celui-ci.

Mais Alaïs ne s'y trompa pas : ils craignaient qu'elle ne soit enlevée.

Cela lui donna au moins l'avantage de dormir à l'abri du froid et de l'humidité. Et en relative sécurité, puisque les soldats formaient barrière tout autour.

Elle s'éveilla en pleine nuit, l'effroi au cœur. Autour de la cabane, on entendait des mouvements. Elle se redressa. Ces hurlements au loin… Les loups ! L'escorte les avait perçus avant elle et s'était mise en alerte. Elle réveilla Richeut et saisit son poignard. Si la meute attaquait, il fallait réagir vite. Elles restèrent aux aguets, respirant le plus faiblement possible. Les loups attaquaient rarement l'homme en cette saison – ils avaient assez à manger dans les bois – cependant ils pouvaient être tentés par les chevaux. Les soldats ranimèrent le feu pour constituer une protection, et plus personne ne dormit.

Cela eut un avantage : on repartit très vite au matin. Les loups avaient disparu sans rien tenter. On n'était pas rassuré pour autant : les marécages étiraient à l'infini leurs eaux sombres et vaseuses, envahies de roseaux.

— Écoutez ! s'exclama soudain le comte.

Un grincement se rapprochait. Entre les arbres décharnés qui hissaient leurs troncs hors de l'eau sur un enchevêtrement de racines tourmentées, une silhouette apparut. Un homme chevauchant une mule. Effrayé par la mine des soldats bardés de cuir et armés de fer, il s'immobilisa. Derrière lui déboucha un âne chargé de ballots.

— Approchez ! lança l'abbé, soulagé de reconnaître en lui un marchand. Ne craignez rien.

L'homme se remit en marche et salua dans une langue que personne ne connaissait. Puis le comte s'exclama :

— Il dit qu'il s'appelle Condeloc et qu'il est marchand de cire ! Il parle la langue des Bretons. J'ai combattu ces sauvages-là il y a bien longtemps.

— Il n'a pas l'air si sauvage, observa Loup.

— Oui, eh bien si vous voyiez ces animaux-là se battre, vous ne diriez pas la même chose. L'empereur n'en est jamais venu à bout et a dû établir une marche [1] pour les contenir.

— Sauvage ou pas, soupira l'abbé, je suis content de le trouver. Demandez-lui notre chemin.

— Je le comprends un peu, objecta le comte, mais quant à parler sa langue…

Il se contenta donc de demander :

— Saint-Quentin ?

Personne d'autre qu'Alaïs n'y prêta attention. Les leçons de géographie n'avaient guère porté leurs fruits ! Car Saint-Quentin ne se trouvait en principe pas sur leur route.

1. Territoire tampon entre l'empire et les pays indépendants.

Le marchand de cire indiqua une direction, puis il ajouta des mots qui leur échappèrent, mais qui semblaient leur conseiller la prudence.

On sut de quoi il fallait se méfier quand on arriva à un pont qui, comme le reste, était dans un état lamentable. Plus de trous que de planches, et pas le moindre parapet, à peine des moignons de bois suggérant qu'il en avait eu un.

— On ne va pas passer là-dessus ! s'effraya Richeut. Je veux prendre un bateau.

— Il n'y en a pas, vous le voyez bien, gronda l'abbé.

On mit pied à terre et on étudia la question. Enfin, le comte décida qu'on comblerait les trous avec les boucliers. Une moitié de l'escorte franchirait l'ouvrage pour protéger le bout de la passerelle, tandis que l'autre resterait en arrière, à surveiller ce côté-ci. Les ponts étaient de vrais coupe-gorge.

Derrière les premiers soldats s'engagèrent un à un les palefreniers, tenant les chevaux par la bride et les rassurant du geste et de la voix. Puis l'abbé prit son tour – non sans s'être prémuni par quelques signes de croix – suivi d'Hunold et de Loup. Ce n'est qu'en voyant Alaïs prête à s'engager que Richeut se résolut enfin à se lancer.

— Je passe devant toi, et tu me retiens si je tombe, hein ?

— Tu ne tomberas pas, c'est solide puisque les chevaux l'ont franchi.

Richeut poussa néanmoins un gémissement en posant le pied sur la première planche.

— Avancez donc, s'impatienta le comte.

Elle n'osa plus rien dire, cependant ses mouvements restaient raides et nerveux. Alaïs, qui la suivait, sentait dans les planches l'écho de ses tremblements. C'était assez dangereux, car elle devait se retourner régulièrement pour signaler au comte les dangers. Et soudain, il y eut un hurlement. Le bouclier que quittait Richeut venait de se dérober, et le pied d'Alaïs se posa dans le vide.

L'instant d'après, Richeut serrait entre ses bras un moignon du parapet et Alaïs était suspendue à une poutre, le corps oscillant au-dessus du gouffre.

Loup revint vite sur ses pas, s'agenouilla au bord du trou et tendit la main à Richeut, seule qu'il puisse atteindre. Mais elle était si effrayée qu'elle poussait des cris perçants sans rien écouter. Il finit par l'attraper sous les bras pour la remonter.

De l'autre côté du trou béant, le comte s'était lui aussi accroupi pour tenter de venir en aide à Alaïs, mais sans savoir vers où tendre la main. Il avait juste vu la silhouette de l'interprète disparaître vers le bas. Il n'arrivait à rien, et sa présence empêchait les soldats de l'arrière d'intervenir.

Agrippée à la poutre soutenant le tablier du pont, les mains assurant mal sa prise, Alaïs regarda en bas avec effroi. Après les pluies de printemps, l'eau roulait vite. Si elle lâchait, elle s'assommerait sur les cailloux et serait emportée par le flot. Elle contracta d'un coup ses muscles et accrocha ses jambes à la poutre.

— C'est bien ! cria Loup. Remonte, maintenant, remonte !

Alaïs prit une ample inspiration et, dans un violent effort, se retrouva à califourchon sur le madrier. Elle attrapa la main que le comte tendait toujours vers elle et parvint enfin à reprendre pied sur le pont.

Elle n'en revenait pas. Si elle avait porté une robe, elle n'aurait sûrement pas réussi ce terrible exercice.

— Ramène-moi, bredouillait Richeut en s'agrippant au bras de Loup, ramène-moi.

Fier de son statut de sauveteur, Loup reprit sa traversée en la tenant par la taille. Pour la première fois, il se sentait fort, et ça lui plaisait.

Un soldat installa devant Alaïs un des boucliers récupérés à l'arrière et, se relevant, souffla :

— Bravo, damoiselle.

Elle lui sourit jusqu'au fond des yeux. Elle se sentait soudain tellement bien !

Richeut continuait de trembler nerveusement ; Loup était penché sur elle, et sa servante lui tamponnait les tempes avec un linge mouillé, mais elle ne se calmait pas. Voyant Alaïs arriver, elle se mit à crier d'une voix hystérique :

— Tu as failli me tuer ! Tu as failli me tuer !

— Qu'est-ce qui te prend ? se rebiffa Alaïs. Nous avons dû faire des mouvements contradictoires qui ont…

— Tu as déstabilisé le bouclier, alors que je ne l'avais pas quitté !

— Calmons-nous, intervint l'abbé. Calmons-nous.

— Mais depuis le début, elle nous porte malheur ! hurla Richeut d'une voix suraiguë. Je l'ai lu dans le crottin de cheval ! C'est son visage que j'y ai vu !

Alaïs en fut sidérée.

— Cessez ! s'emporta le comte. Remercions plutôt Dieu que tout se soit bien terminé et préparons-nous à repartir.

Richeut se releva et brossa sa robe d'un geste de colère. Puis, le visage fermé, elle rejoignit son cheval et ne dit plus rien. L'abbé prit le comte par le bras et s'éloigna.

— Cette petite mijaurée n'a pas tort, chuchota-t-il. Rien ne va depuis le départ. Notre interprète est mêlée à trop d'événements qui mettent notre mission en péril. À croire qu'elle nous porte vraiment malheur.

— Allons, protesta le comte à voix basse, vous n'accordez tout de même pas foi à ces notions païennes !

— Non, bien sûr, néanmoins…

— Néanmoins, soupira le comte, nous ne pouvons faire autrement que de nous séparer d'Alaïs, je vous l'accorde.

20

La villa de Leidrade

Pendant des lieues, Richeut ne prononça pas un mot. Loup, à ses côtés, lui accordait toute son attention. Depuis qu'il lui avait sauvé la vie, il s'en sentait responsable. Il tentait de la distraire avec des devinettes, et elle finit par se détendre un peu.

— Tu devrais peut-être t'excuser auprès d'Alaïs, conseilla-t-il alors. Elle n'est pour rien dans ce qui est arrivé, et elle aussi a failli mourir.

Richeut semblait y avoir déjà pensé, car elle ne protesta pas. Elle s'approcha de l'interprète :

— Je suis désolée de ma réaction. Tu ne l'as pas fait exprès.

Alaïs ne répondit pas.

— Excuse-moi, insista Richeut, j'étais sous le choc. Comment est-ce que je peux me rattraper ? Je ne voudrais pas perdre ton amitié. Ne crois pas ce que j'ai dit à propos de porter malheur, j'ai sûrement mal interprété les signes. Ma nourrice m'a appris, mais je n'ai pas encore sa maîtrise.

— Je ne t'en veux pas, lâcha enfin Alaïs. On ignore tous comment on va réagir face à un danger imprévu.

Elle mentait un peu, elle en voulait encore à Richeut. Pour le reste, elle était plutôt contente de s'être découvert des réactions meilleures qu'elle ne l'imaginait.

Comme ils sortaient des bois, Alaïs aperçut une maison fortifiée. Elle la décrivit brièvement au comte : des bâtiments disposés en U, dont un en pierre comportant un étage, les autres étant bas et en torchis[1]. Le quatrième côté était fermé par un mur percé d'une grande porte.

— Nous voilà chez le comte Leidrade, déclara alors Évrard comme s'il découvrait les lieux d'un coup d'œil.

— Je n'ai jamais été aussi heureux d'apercevoir une habitation, soupira l'abbé.

Des chiens aboyèrent pour informer de l'arrivée des visiteurs, et un serviteur sortit les accueillir. Le comte ordonna d'un ton officiel :

— Menez-nous à l'intendant de ce domaine.

1. Mélange de terre glaise et de paille.

— Oh ! À cette heure-ci, il fait la sieste, lui fut-il répondu. Ne voulez-vous pas plutôt rencontrer le maître ?

— Le comte n'est donc pas à l'assemblée d'Aix ?

— Bien sûr que non, il ne quitterait pas le domaine à la saison des cerises.

Sur ces mots, le serviteur rentra, laissant le comte et l'abbé interdits.

Au bout d'un moment, parut un homme petit et sec, barbe clairsemée, cheveux grisonnants, œil vif. Il les interpella d'un ton à peine courtois :

— Vous êtes… ?

— Comte Évrard et abbé Baudouin, informa le comte en lui tendant le rouleau de parchemin certifiant leur mission.

Leidrade déroula le document sans empressement et jeta un coup d'œil au sceau apposé en bas. Les chiens tournaient autour des voyageurs en les reniflant.

— Quelle est cette signature ? demanda-t-il d'un ton insouciant.

L'abbé tapota le parchemin.

— K à gauche, S à droite, R en haut, L en bas, et le losange au centre, cela ne vous évoque rien ?

— Ma foi… On dirait celle de ce cher Charles. Se souvient-il encore que j'existe ? À moins qu'il ne s'agisse d'un faux.

— Cette signature est authentique ! protesta l'abbé, choqué. Votre suspicion ne démontre que votre ignorance.

— Ah, fit Leidrade en parcourant le diplôme. Vous seriez donc des missi dominici.

Contrairement aux autres, l'information ne semblait pas provoquer chez lui la moindre anxiété.

— Nous *sommes* les envoyés de l'empereur, martela Évrard.

— Et qu'est-ce qui vous amène dans ces contrées ?

— Parlons-en ! s'exclama l'abbé qui ruminait sa colère depuis trop longtemps. Trouver sa route dans votre comté relève du miracle ! Les chemins ne sont pas entretenus et les ponts, n'en parlons pas ! On y risque sa vie ! Sa vie !

— Ah ! Le mauvais temps est terrible, acquiesça Leidrade.

— Le temps n'a probablement pas été plus mauvais ici qu'ailleurs, grogna le comte. Quelques inondations de printemps dont vous devez réparer au plus vite les effets. Aucun charroi ne peut passer. Comment assurer le ravitaillement des villes dans ces conditions ?

— Les villes n'ont qu'à se ravitailler dans leurs propres campagnes.

— Et les marchands qui viennent de loin pour vous porter les produits qui vous manquent ?

— Quel genre de produit ?

— Le fer, la soie, les poissons de mer, la fourrure, le poivre…

— Le poisson me donne des boutons et le poivre me fait tousser.

L'énervement gagna les missi.

— L'empereur exige de chacun de ses comtes l'entretien des routes !

— Écoutez, messires. Je suis trop vieux pour aller à la guerre, alors Charles m'oblige déjà à payer une amende. Je ne peux pas trouver de l'argent à la fois pour l'amende et pour entretenir les routes.

— Si vous n'êtes pas en faute, protesta l'abbé, cela ne s'appelle pas « amende » mais « contribution à l'ost ». Comme pour tout le monde. (Il prit l'air subitement soupçonneux.) D'autant que vous avez bien délégué des vassaux pour se battre à votre place, n'est-ce pas ?

— Contre qui vont-ils guerroyer, cette fois ? s'informa Leidrade. Quand j'étais jeune, j'ai participé à de si nombreuses campagnes…

— Nous finissons les opérations contre les dernières régions insoumises de Saxe.

— Ah ! Les Saxons ! C'est contre eux que j'ai gagné l'estime de l'empereur et le titre de comte.

Alaïs remarqua que Leidrade n'avait pas répondu à la question sur ses vassaux envoyés à l'ost, et cela l'amusa. Puis elle pensa de nouveau à *son* Saxon.

S'il avait été là, il aurait su la protéger…

Quand elle reprit conscience de ce qui l'entourait, ils étaient dans la cour, et Leidrade répondait :

— Les registres, oui, j'en ai. Mais je les tiens comme je peux, mes yeux fatiguent trop à la tâche.

— Et vous n'avez pas d'intendant pour vous y aider ?

— Il est vieux aussi, et sourd. Il n'entend pas ce que je lui dis. C'est si pénible que nous évitons de nous parler.

Les doigts de l'abbé se pliaient et se dépliaient d'agacement.

— Et vous ne pouvez en prendre un plus jeune ?

— Oh ! Un jeune, je n'aurais pas confiance.

Le comte Évrard répliqua sèchement :

— Ne pas tenir ses registres à jour peut vous faire soupçonner de vol, vous en êtes conscient, je l'espère.

— De vol ? Allons, allons, je suis trop vieux pour ça. Je n'ai plus de besoins. Ça me servirait à quoi ?

L'abbé se pencha vers Évrard et lui souffla :

— Laissons pour l'instant. J'ai hâte d'arriver où vous savez.

Et, prononçant ces mots, il avait regardé vers Alaïs.

21

La main dans le sac

Ils furent réveillés au milieu de la nuit par des hurlements dans la cour. Une à une, les portes des chambres s'ouvrirent sur la galerie qui courait le long de l'étage. Le rugissement d'une corne de guerre emplit l'espace. En bas, des torches s'agitaient. Le comte Leidrade cria aux visiteurs :

— Mettez-vous à l'abri !

Il n'avait pas fini sa phrase qu'une flèche se plantait dans la rambarde. On se jeta dans les chambres, sauf Évrard qui s'aplatit contre le mur. Quand elle s'en aperçut, Alaïs ressortit.

— Messire, il faut vous…

— Descendons, lui souffla le comte. Je veux en avoir le cœur net.

— Mais on cherche peut-être à vous tuer !

— Comment le saurai-je si je reste enfermé dans ma chambre ? répliqua-t-il. Que voyez-vous en bas ?

— Des ombres qui s'agitent.

— Bien. De nuit, vous ne voyez pas mieux que moi, alors vous n'êtes pas obligée de venir.

Et, longeant le mur pour éviter les flèches, il s'engagea dans l'escalier. Alaïs hésita un court instant, puis suivit.

En bas, personne ne leur accorda d'attention. On continuait à vociférer en regardant vers le ciel et à tirer des flèches qui se perdaient dans la nuit. Celles qui n'atterrissaient pas sur la galerie du haut passaient de l'autre côté du toit.

— Mais enfin, que faites-vous ? s'enquit le comte.

— Un monstre est en train de dévorer la lune. Vous voyez bien qu'elle disparaît !

— Il faut chasser le monstre ! cria une femme en enflammant des branches disposées en tas au centre de la cour.

Et les hommes tendirent de nouveau leurs arcs.

Un instant muet de stupéfaction, le comte remonta finalement l'escalier et rentra dans la chambre.

Il en ressortit quelques instants plus tard, accompagné de l'abbé dans tous ses états. Hunold, Loup et Richeut leur emboîtèrent le pas.

— Comte Leidrade, hurla l'abbé en essayant de couvrir les cris, arrêtez ceci immédiatement !

Ce sont fausses croyances ! La lune est l'œuvre de Dieu et Il ne permettrait à aucun monstre de l'avaler.

Leidrade ne répondit pas. L'ombre noire qui masquait l'astre commençait à reculer. Les gens, dans la cour, criaient :

— Courage, la lune ! Courage, la lune ! Le monstre recule !

— Ignorance et superstition, grogna l'abbé, découragé. L'empereur sera furieux d'apprendre qu'un tel obscurantisme règne sur ces contrées. (Il se tourna vers Loup.) N'oubliez pas de noter ceci dans notre rapport.

Loup hocha la tête, mais il semblait impressionné. Il saisit une branche enflammée pour s'éclairer (et peut-être se défendre d'éventuels monstres) et remonta vite l'escalier afin d'aller inscrire l'événement dans la cire. C'est là qu'il buta contre un homme qui sortait de la chambre des filles.

L'affaire ne traîna pas. Déjà irrités par tout ce qu'ils avaient vu, les missi convoquèrent dans la matinée un tribunal composé du comte Leidrade, du prêtre de sa chapelle et d'eux-mêmes. Le cas était simple et sans ambiguïté : le voleur avait été pris la main dans le sac, ou plutôt le sac dans la main, ainsi que l'avait observé Hunold. Il avait profité de ce que tous étaient occupés par la chasse au monstre mangeur de lune pour agir.

Le comte Évrard, qui présidait le tribunal, demanda à l'accusé son identité. Alaïs traduisit qu'il était aide-cuisinier dans cette maison. Elle se sentait mal, très mal. C'était sa bourse qui avait été volée !

— Reconnais-tu avoir dérobé cette bourse dans une chambre d'invité ?

— C'est-à-dire..., fit l'homme hésitant.

— L'as-tu prise, oui ou non ?

L'homme tergiversa encore avant de reconnaître en baissant la tête :

— Oui.

Et, curieusement, il ajouta comme pour s'expliquer les choses à lui-même :

— C'est ma faute. Je n'aurais pas dû me faire attraper.

Alaïs ne traduisit pas. Curieux pays, où l'on ne se sentait pas coupable d'avoir volé, mais de s'être fait prendre. L'abbé s'emporta :

— Sais-tu que le vol est un grave péché ? Connais-tu bien les commandements de Dieu ?

L'homme hocha vaguement la tête.

— Tu ne les connais pas ? se scandalisa l'abbé. Dis-moi le Pater Noster, pour voir.

L'accusé fit une drôle de mine. Il commença, en traînant sur les mots pour les faire durer le plus longtemps possible :

— Pater noster, qui… euh…

L'abbé s'étouffa de colère. Au lieu de s'en prendre à l'homme, il se fâcha contre le prêtre qui n'avait pas enseigné les prières à ses ouailles. Puis, s'adressant au voleur, il reprit de sa voix tonnante :

— Crois-tu en Dieu le Père tout-puissant ?

— Euh… Oui.

— Réponds : j'y crois. Crois-tu dans le Christ, fils de Dieu, notre Sauveur ?

L'autre sembla diminuer de volume.

— J'y crois.

— Crois-tu à la rémission des péchés par le baptême ?

— J'y crois.

Il eut droit à toute la série des questions qui s'assuraient qu'on avait bien affaire à un chrétien, mais il était évident qu'il répondait sans comprendre.

— Crois-tu à la vie après la mort ?

— J'y crois.

— Crois-tu que je suis un renard bleu ?

— J'y crois.

Hunold et Loup pouffèrent. L'abbé frappa sur la table avec colère.

— Nous perdons notre temps. Je vous laisse la parole, messire Évrard.

Le comte se leva alors et déclara :

— Pour ce vol, tu es condamné à avoir la main droite coupée.

Il y eut un silence. Le public le fixait, semblant attendre quelque chose, mais le comte se rassit, rien de plus. Anxieux, le condamné s'informa :

— Et combien faudra payer pour racheter la peine ?

— Combien ? (Le comte regarda autour de lui d'un air outré.) Que crois-tu donc qu'est la justice ? Une tête folle qu'on peut acheter ? Tu as une peine méritée, et elle te sera appliquée sans délai. Qu'on convoque le bourreau.

L'homme eut un regard affolé vers Leidrade, qui déclara d'un air navré :

— Pas aujourd'hui, hélas, messires. Nous sommes à la Saint Golisdast, jour sacré en ce pays, et où aucune mutilation ne peut être appliquée. Nous devrons attendre demain.

Les missi n'ayant que peu de lumières sur ce saint, il y eut un petit flottement. L'abbé tergiversa un instant puis, préférant ne pas se ridiculiser en demandant des explications, il lâcha :

— Qu'on le jette en prison.

Ils allaient encore perdre une journée ! Parce qu'il n'était pas question de laisser l'affaire entre les mains de Leidrade. Ce vieux roublard était capable de ne pas tenir compte de leur jugement et de résoudre l'affaire par une amende – un bœuf, un porc ou une brebis qui passerait discrètement dans son cheptel.

Restait à espérer que cette perte de temps n'engendrerait aucune nouvelle catastrophe.

Évidemment, « catastrophe » était sans doute exagéré pour le vol d'une bourse, seulement ce vol avait touché Alaïs. Une fois de plus. L'abbé avait plus que hâte de se débarrasser de l'interprète.

22

Étranges manigances

Les missi ne décoléraient pas. Si Leidrade avait manœuvré pour gagner du temps, il ne l'emportait pas au paradis ! Non seulement les missi renoncèrent à partir, mais ils mirent à profit la journée pour vérifier les comptes du domaine.

L'intendant s'empressa de leur présenter la seule chose qui semblait être en règle : les peaux des loups abattus dans l'année. Les cahiers de parchemin, eux, ne contenaient que de vagues indications périmées. Ce Leidrade, sûr qu'il veillait plus à sa propre fortune qu'aux intérêts de l'empire. Le genre à enregistrer les naissances de veaux et d'agneaux dans ses propres troupeaux plutôt que dans ceux qu'il administrait pour l'empereur, à minimiser ses récoltes, à occuper les hommes à des corvées qui lui rapportaient au lieu de leur faire entretenir les routes ! Mais il ne perdait rien pour attendre. Les missi feraient eux-mêmes leurs évaluations et les compareraient avec l'impôt reversé au trésor impérial.

En sortant avec eux pour faire le tour du domaine, Loup remarqua une ombre devant la grille de la prison. Alaïs ! Elle parlait au prisonnier !

— Écoute-moi, chuchota Alaïs à travers la grille de la cellule. C'est ma bourse que tu as volée.

L'aide-cuisinier tourna vers elle des yeux apeurés.

— Je voudrais juste savoir pourquoi tu es entré dans cette chambre et non dans une autre. Est-ce le hasard ?

Le prisonnier continua à la fixer sans répondre. Elle insista :

— Et pourquoi as-tu dit que c'était ta faute, que tu n'aurais pas dû te faire prendre ?

Aucune réponse.

— Ma bourse contient très peu d'argent, alors pourquoi l'avoir choisie ?

L'homme tourna le dos et se laissa glisser sur le sol. Elle prit une pièce dans la bourse pour la lancer dans la cellule. Malheureusement, le seul résultat fut que le gardien, alerté par le tintement, ouvrit la porte. Alaïs n'eut que le temps de se jeter de côté et de s'éloigner vivement. Sa pièce avait sans doute fini dans la bourse du gardien sans aucun bénéfice pour elle.

Après avoir examiné les cultures et dénombré les brebis, les missi s'attaquèrent au cheptel. Loup inscrivit dans la colonne « bovins » de sa tablette de cire dix-huit vaches, six paires de bœufs et un taureau. Puis ils descendirent à l'étang afin de s'occuper des oies. Loup en profita pour ressortir l'étroit morceau de parchemin qu'il dissimulait dans sa chemise. Il tenta d'évaluer combien de mots pourraient y tenir et chercha la formule qui résumerait le mieux ce qu'il avait à y écrire.

Il le rangea pour prendre sous la dictée « trente oies et un jars ». On finit le tour par la basse-cour, dans l'intention de compter les poules et d'en déduire le nombre d'œufs produits par année. Après quoi Loup fut autorisé à regagner sa chambre pour mettre le tout au propre.

Mais ce n'était pas sa priorité. Il commença par ressortir le petit parchemin, réfléchit une dernière fois à la formule à employer, puis il trempa sa plume dans l'encre et écrivit.

Quelques instants plus tard, il entrouvrait sa porte. Les serviteurs vaquaient à leurs occupations, ses compagnons étaient partis se baigner à l'étang. Il quitta la chambre, descendit l'escalier et fila vers les écuries.

Leidrade était-il honnête ? En tout cas il était très riche : dans ses écuries s'alignaient des dizaines de chevaux ! Loup chercha des yeux le jeune palefrenier qu'il avait repéré et le rejoignit discrètement. Il l'entretint à voix basse de son projet, lui montra le morceau de parchemin plié en deux, puis lui glissa trois pièces d'argent. Le palefrenier, qui n'en avait sans doute jamais eu en sa possession, les contempla avec des yeux ronds. Il hocha la tête en signe d'accord et glissa le message dans sa ceinture.

Le lendemain, les filles furent réveillées par la voix de stentor de l'abbé :

— Comment, « disparu » ? C'est un coup monté !

Les filles sortirent sur la galerie. Les missi se tenaient devant la prison avec le comte Leidrade. Elles descendirent rapidement.

— C'est un coup monté ! répéta l'abbé avec fureur.

Apparemment, en venant chercher le condamné pour l'exécution de la sentence, ils avaient trouvé la cellule vide. Personne n'avait d'explication à fournir. Personne n'avait rien vu. Le comte Leidrade annonça aussitôt qu'il allait de ce pas ouvrir une enquête et il s'éloigna d'un pas décidé.

— Une enquête, grommela l'abbé. Vous y croyez, vous ?

— Je crois surtout qu'il va brasser de l'air pour donner le change, répondit le comte Évrard. Je le soupçonne même de n'être pas étranger à cette évasion. Il mériterait qu'on s'installe chez lui à ses frais pour questionner ses gens et contrôler ses comptes de la manière la plus rigoureuse.

— De la gestion du domaine jusqu'à l'éducation religieuse, tout est à refaire ! Malheureusement, nous devons poursuivre notre route…

Ils s'aperçurent que les jeunes filles écoutaient et se turent.

— Préparez vos bagages, ordonna le comte. Nous partons.

Alaïs n'ayant plus aucun bagage à boucler, elle suivit des yeux le vieux Leidrade qui se dirigeait vers les écuries. Il en savait peut-être plus qu'il n'en disait sur cette affaire de vol.

23

Mauvaise surprise pour Loup

Quand Alaïs entra aux écuries, il était question d'un palefrenier et d'un cheval qui avaient disparu. Cela avait-il un lien avec l'évasion du prisonnier ?

— Messire Leidrade, demanda-t-elle à voix basse, puis-je vous poser une question ?

Il la regarda avec un certain intérêt et s'écarta avec elle des oreilles indiscrètes.

— Pourquoi votre aide-cuisinier m'a-t-il détroussée ? poursuivit Alaïs. Il savait forcément qu'une malveillance touchant la troupe des missi coûte très cher.

— Faites-moi confiance, répondit le comte, je le retrouverai et le punirai.

— Je ne demande pas qu'il soit puni ! Je veux juste comprendre.

Il la regarda d'un air amical :

— Moi aussi. Hélas, je n'ai pas la réponse.

Sous ses sourcils gris, ses yeux étaient pleins de malice. Alaïs reprit :

— C'est vous qui l'avez libéré, n'est-ce pas ?

— C'est la main de Dieu. Si Dieu l'a jugé innocent, je n'ai pas à m'y opposer.

— Et cela vous arrange.

— Ma foi, un homme à qui il manque une main est beaucoup moins utile sur une terre. Les missi n'ont guère de sens pratique.

— Comte Leidrade, vous êtes en danger. Les missi vont faire un très mauvais rapport sur vous, et l'empereur risque de vous enlever ce comté.

— Me l'enlever ? (Le comte éclata de rire.) Pour le confier à qui ? L'empereur a besoin d'hommes sûrs, et ils ne sont pas si nombreux. Je suis un de ses vieux compagnons, et il préfère un homme qui tient mal ses registres à un homme qui trahit. (Il retrouva soudain son sérieux pour chuchoter.) Si mon aide-cuisinier a été reconnu innocent par Dieu, c'est sans doute qu'il n'est pas l'instigateur du larcin.

— Que voulez-vous dire ?… Qu'on le lui a commandé. Qui ?

— Ah, ça… ! Je ne suis pas Dieu, et Il ne me l'a pas révélé.

Alaïs le considéra sans un mot. « C'est ma faute. Je n'aurais pas dû me faire attraper » signifiait que l'accusé ne pouvait dénoncer celui qui avait commandité ce vol, puisqu'il était, lui, responsable de s'être fait prendre !

— Vous êtes habillée en garçon, lâcha soudain le comte, et pourtant vous logez dans la chambre des filles. Vous êtes à la fois l'interprète et le guide du comte, qui n'y voit goutte. (Il rit). En votre absence, il ne fait pas la différence entre une poule et un caillou.

Alaïs le dévisagea avec inquiétude. Plongeant ses yeux dans les siens, Leidrade poursuivit :

— Petite damoiselle, vous me croyez en danger, mais c'est vous qui me le paraissez. J'ignore qui vous êtes, toutefois, à votre place, je me montrerais très prudent.

— Vous savez quelque chose ?

— Je vois juste que les missi parlent souvent de vous à voix basse, ce qui est étrange concernant un simple interprète.

— Qu'ont-ils dit ?

— Je ne suis sûr que d'une chose : c'est à cause de vous qu'ils repartent en m'abandonnant à mon triste sort. (Il eut un rictus narquois). Et voilà qui est dommage, leurs grimaces et leurs comptages m'amusaient.

— Messire, souffla Alaïs, vous pensez que les missi me veulent du mal ?

— Ma foi, je n'affirmerais rien. Méfiez-vous de tout et de tous, voilà mon conseil.

Alaïs n'avait pas besoin de ce conseil pour être sur ses gardes, mais que le vieux comte lui-même ait décelé un danger l'inquiéta plus encore. De plus, dès qu'ils eurent quitté le domaine, elle remarqua – d'après la position du soleil – qu'ils descendaient vers le sud au lieu de se diriger plein ouest. La frayeur la reprit. Il fallait qu'elle en parle à quelqu'un !

Loup ! Il était le seul en qui elle avait confiance.

Elle amena son cheval à côté du sien et lui chuchota :

— As-tu une idée de ce qui se passe ?

Loup secoua la tête d'un air désolé.

Elle reprit à voix basse :

— As-tu remarqué que, depuis Valenciennes, nous marchons vers le sud ?

— J'ai remarqué. (Il réfléchit.) Ça te dit quelque chose, Quierzy ?

— C'est un palais royal. Charles s'y rend souvent.

— Je crois que c'est notre destination, j'ai entendu les missi en parler.

— Ah bon ? Quierzy ?

— Et j'ai l'impression que ça a un rapport avec toi, avec ce qui t'est arrivé. Je voulais te le dire, mais je ne suis sûr de rien.

Ils furent interrompus :

— Oh ! Oh !

Un soldat de tête levait la main pour qu'on s'arrête et, très vite, un bruit remonta la colonne :

— Un mort… Un mort…

L'escorte, aussitôt en alerte, inspecta les environs. Cela pouvait être un piège !

On mit la main à l'épée et on scruta les fourrés pour déceler la présence d'éventuels brigands. Loup se dressa sur ses étriers pour voir devant, et ses yeux s'écarquillèrent de surprise. L'instant d'après, il remontait la file au trot.

Les soldats n'avaient pas eu le temps de descendre de leur monture qu'il était agenouillé près du mort. Un homme étendu sur le sol, une flèche en pleine poitrine. Loup colla l'oreille sur son cœur pour faire semblant d'en écouter les battements et en profita pour récupérer prestement le message coincé dans sa ceinture. Puis il se redressa en annonçant :

— Trop tard, il est mort.

— Je le reconnais, remarqua alors un palefrenier, c'est un homme du comte Leidrade, celui qui avait disparu avec le cheval.

— Eh bien, conclut l'abbé, en voilà un à qui le vol n'aura pas profité. Dieu l'a touché de son doigt de justice. Enterrez-le.

On dit une prière sur la tombe et tous oublièrent un incident hélas fréquent sur les routes. Sauf Loup, naturellement. Des brigands ! Pour voler trois pièces d'argent ! Quelle malchance !

Après ça, on suivit avec précaution les étroits chemins entre étangs et marais, s'arrêtant souvent pour manger. Car les provisions ne manquaient pas : les missi n'avaient eu aucun scrupule à réclamer au comte Leidrade ce à quoi leur mission leur donnait droit, soit quarante pains, un tonneau de vin, des œufs, des poulets, du fourrage pour les bêtes et du lard. Ils avaient juste renoncé aux porcelets vivants, qui leur auraient fait perdre du temps.

Au gué de Saint-Quentin, on s'arrêta pour rendre hommage au saint patron de la ville, ce Quentin dont le corps supplicié avait été jeté dans la Somme à cet endroit. L'abbé signala que l'imposante église qui couronnait la colline conservait ses reliques et en profita pour préciser que c'est là-haut qu'on logerait.

Dès que les voyageurs pénétrèrent dans la ville basse qui s'étendait au pied de la colline,

Loup annonça qu'il avait un achat à faire et les rejoindrait ensuite.

Il entra dans la première auberge.

— Y a-t-il un messager de confiance, ici ? demanda-t-il au patron.

L'aubergiste lui désigna une table, au fond de la salle, où était assis un homme squelettique et mal rasé, à demi dissimulé sous un grand chapeau. Loup s'assit devant lui et, lui tendant le parchemin récupéré sur le mort, lâcha sobrement :

— À remettre au comte Willi, à Lillebonne, par-delà Rouen. En mains propres et de toute urgence.

Et il posa trois deniers d'argent sur la table.

L'homme porta la main à son chapeau en guise d'accord et, sans un mot, ramassa les pièces.

24

Le message

— Messire ! Messire ! Un messager pour vous !

Willi attacha son cheval à un anneau du mur et traversa la cour à la rencontre du cavalier couvert de poussière qui venait d'entrer.

L'homme ôta son grand chapeau, découvrant un visage long et maigre, et déclara en lui tendant un parchemin plié en deux :

— Urgent, messire.

— D'où vient ce billet ? s'étonna Willi en constatant que la missive ne portait pas de sceau.

— Saint-Quentin, répondit l'homme. Deux jours au grand galop.

Saint-Quentin ? Willi n'y connaissait personne.

— C'est bon, lâcha-t-il. Allez vous restaurer aux cuisines.

Et, intrigué, il déplia le parchemin.

En bas, était dessinée la signature de Loup ! Il lut : « Notre amie à tous deux est en grand danger… »

Son cœur fit un bond. Alaïs ! Elle était menacée ! Il regarda d'instinct du côté de son cheval. Puis, revenant au message, il s'appliqua à lire posément la suite, bien que son cœur cognât comme un fou. « Nous sommes à Saint-Quentin et nous dirigeons vers Quierzy. »

Il n'y avait rien de plus. Par mesure de prudence, sans doute, ce qui confirmait la gravité de la situation. Il tenta de se calmer. Alaïs avait refusé de partir avec lui. Alaïs ne lui était rien…

— Une mauvaise nouvelle ? s'inquiéta l'intendant.

— Non, non. Enfin, pas pour nous. Un ami m'informe qu'il se trouve à Saint-Quentin et souhaiterait me rencontrer. Il ne précise pas ce qu'il fait là-bas ni pourquoi il a quitté Aix.

— Il accompagne peut-être les missi. Le messager dit en avoir vu arriver dans la ville juste avant son départ.

— Des missi ?

— Il paraît qu'ils doivent venir jusqu'ici contrôler les défenses des côtes. C'est ce que dit l'intendant du comte Rigulf, il a reçu des instructions pour préparer la villa.

— Le comte Rigulf revient ?

— Non, non. Seulement la damoiselle.

— Ah. (Willi soupira.) J'espérais en être débarrassé un peu plus longtemps.

— Cessez donc de reculer, messire. Elle est jolie et, en plus, très amoureuse de vous.

— Moi, je ne suis pas amoureux d'elle.

— Les sentiments n'ont rien à faire dans le mariage, vous le savez, il s'agit d'un accord purement…

— L'heure n'est pas au débat, coupa Willi. Mon ami a besoin de moi.

Il ne prononça pas le nom d'Alaïs. Si Loup ne l'avait pas écrit, c'est qu'il devait rester secret. L'intendant commenta :

— Si votre ami se trouve avec les missi, c'est parfait. La damoiselle Richeut y étant aussi, elle pensera que vous volez au-devant d'elle, et ce sera pour vous l'occasion de…

— Merci de votre aide, Arnoul.

Willi songea que le message était parti depuis deux jours et qu'il lui faudrait encore plus de temps pour rejoindre les missi qui avaient, dans l'intervalle, poursuivi vers Quierzy.

— Je dois partir sur-le-champ, décréta-t-il. Prévenez les cuisines de me préparer des vivres.

Loup songeait que, à cette heure, le billet devait se trouver entre les mains de Willi. Si le messager ne s'était pas fait arrêter, tuer par des brigands, dévorer par les loups ou piétiner par un troupeau d'aurochs. Que déciderait son ami ?

Il se reprocha de ne pas avoir ajouté « Viens vite » ou quelque chose comme ça. Mais qu'est-ce que cela aurait changé ? Willi n'était pas un homme à qui on dicte sa conduite.

À midi, on s'installa dans une clairière pour apprêter un repas chaud : un cerf qui s'était aventuré trop près d'eux. La viande fraîche étant coriace, le cuisinier la coupa en petits morceaux pour la faire bouillir.

Sur les entrefaites, arriva sur la route un joyeux convoi de marchands. Ils avaient fait d'excellentes affaires en vendant des fers de lance et des poignards le long des côtes où l'on redoutait l'arrivée des Normands. Les invasions avaient leurs bons côtés. Leurs provisions étaient à la mesure de leur satisfaction. Sortant de leurs chariots bardés de lames de cuir toutes sortes de merveilles – volaille, beurre, fromage, œufs, moutarde, miel et mille autre délices –, ils invitèrent les missi et les jeunes nobles à partager leur repas.

Après ce festin, on dut aller à marche forcée pour rattraper le temps perdu. On s'arrêta dans un monastère, où les missi ne vérifièrent rien. Ils avaient visiblement débordé le territoire dont ils avaient la charge. Pour quelle raison ? Alaïs aurait bien aimé le savoir.

L'escorte partagea le repas des pèlerins, et les nobles furent invités à la table de l'abbé. Rôtis, poissons pimentés, légumes arrosés de beurre, gâteaux à la cannelle étaient à profusion, cependant on ne traîna pas à table. On devait se coucher avec le soleil, car on se lèverait à l'heure des laudes[1] pour participer aux prières des moines et repartir aux premières lueurs du jour.

Ce programme n'enchanta guère les jeunes, qui ne comprenaient pas cette précipitation. Loup, surtout, craignait qu'en continuant à ce train-là, la troupe ne soit repartie de Quierzy avant que Willi n'ait pu la rejoindre.

1. Office célébré à trois heures du matin.

25

La catastrophe

Quand ils sortirent de la chapelle, frigorifiés et encore somnolents, il ne faisait pas jour. Les palefreniers s'occupèrent des chevaux et les serviteurs des bagages. Le petit-déjeuner fut rapide – de la bouillie arrosée de miel – et, à l'heure où le ciel commençait à pâlir, on s'apprêta à repartir. C'est là qu'un des soldats de l'escorte se trouva mal au point de ne pouvoir enfourcher son cheval. On dut se résoudre à le laisser à l'infirmerie.

On se mit en selle en silence et on chevaucha dans la fraîcheur du matin. Le premier rayon du soleil revigora tout le monde. Alaïs décrivait à voix basse le paysage au comte, quand il se passa une chose étonnante : le soldat qui les précédait s'affaissa sur l'encolure de son cheval, puis glissa lourdement jusqu'au sol.

— Attention, messire, souffla Alaïs, un homme est tombé devant vous.

Le comte tira sur les rênes. Le soldat voulut se relever, mais il semblait sans forces et il s'écroula de nouveau.

— Il vomit, s'inquiéta Alaïs.

— Il a dû trop manger.

Deux soldats mirent pied à terre pour charger le malade sur son cheval. Cependant, ils l'eurent à peine soulevé que l'un d'eux faiblit et tomba à genoux, la sueur au front.

— Il vomit aussi ! s'exclama Alaïs.

— Décidément, grommela le comte, on croirait une épidémie.

— Que Dieu nous protège ! lança l'abbé. J'espère que ce n'est pas une pestilence [1] !

Ces mots jetèrent un froid, et personne n'osa descendre de cheval.

— Si c'était la peste, observa enfin Loup, il y aurait des crachements de sang. L'an dernier, j'en ai observé les symptômes avec le médecin. Il voulait trouver des plantes qui la guériraient.

Alaïs intervint :

— Vomissement et sueur, ça ressemble plutôt à un empoisonnement.

1. Toute maladie épidémique grave.

On entendit une exclamation à l'arrière, et la servante de Richeut tomba à son tour.

— Ne restons pas ici, s'affola l'abbé. Il faut trouver un endroit où les soigner. Attachez-les sur leur selle jusqu'au prochain village.

Les premiers malades commençaient à se tordre de douleur, et on eut beaucoup de mal à les hisser sur leurs montures. Un palefrenier s'affaissa à son tour et, comme il n'avait pas de cheval, on dut le ficeler sur un sommier, par-dessus les bagages.

On se dépêcha d'avancer. L'angoisse gagnait, chacun scrutant au fond de soi le message de ses entrailles.

— Je me sens mal… Mal…, gémit soudain Richeut.

Loup lui posa vite la main sur le front.

— Tu ne sues pas, déclara-t-il, rassuré et un peu ému par le contact de sa peau veloutée.

— Encore un palefrenier au sol ! s'exclama Hunold. Je parie qu'ils en profitent pour se faire porter !

Personne ne commenta. On s'arrêta pour charger le malade avec les paquets. Il n'y aurait bientôt plus de place sur les sommiers. Pour comble de malchance, le chemin était envahi par la végétation de printemps, et on n'avançait que pas à pas.

Plus on avançait, plus les soldats devaient trancher de branches qui barraient le passage.

Alaïs, comme les autres, était crispée, s'attendant d'un instant à l'autre à ce que le cœur lui monte à la gorge. Pourtant, rien ne se passa.

— L'empoisonnement ne date pas de ce matin, observa-t-elle enfin, puisque nous avions un malade avant même de déjeuner.

— C'est juste, opina le comte.

— Et aucun de ceux qui ont mangé à la table de l'abbé hier au soir n'est atteint. L'empoisonnement ne concerne que ceux qui étaient à l'hôtellerie des pèlerins.

— Mon Dieu ! Mon Dieu ! souffla alors l'abbé. On aurait voulu nous priver de notre escorte qu'on ne s'y serait pas pris autrement !

Il y eut un moment d'effroi, puis le comte se dressa sur ses étriers et lança :

— Redoublez de vigilance. Il se peut qu'un danger nous menace ! (Il s'aperçut que deux autres gardes étaient affalés sur leur monture.) Cramponnez-vous, il faut avancer !

Alaïs se saisit aussitôt de l'épée d'un malade et commença à abattre les branches gênantes. Loup l'imita, puis Hunold. Richeut, elle, se contentait de gémir. Elle n'aurait jamais dû partir avec eux ! Elle aurait été plus en sécurité à l'ost avec son père, d'autant que les filles de l'empereur lui avaient proposé de les y accompagner ! Les batailles, au moins, c'était amusant ; on les suivait de loin et on était bien placé pour choisir le meilleur des butins. Au lieu de ça, elle risquait sa vie au milieu des miasmes de la populace !

Loup la rassurait : elle ne risquait rien, elle n'avait pas mangé les mêmes plats que les soldats.

Les chevaux étant épuisés par leur charge, on dut s'arrêter au passage d'un ruisseau pour les faire reposer et boire. Les deux seuls serviteurs encore valides – le cuisinier et le palefrenier aux yeux pervenche – déchargèrent les malades souillés de sueur et de vomissures pour les rafraîchir, tandis que l'épée à la main, les autres surveillaient les alentours.

— Écoutez, souffla subitement le comte.

On entendait au loin une sorte de tintement.

26

Incroyables découvertes

— Dieu est avec nous, souffla l'abbé en découvrant l'origine des bruits, les forgerons sont maîtres en la magie. Celui-là pourra nous dire quel sort nous frappe.

— Curieuse réflexion dans votre bouche, s'étonna le comte.

— Je veux dire… que certains pourraient voir la main du diable dans l'incroyable succession de malheurs qui nous assaillent.

— Ou celle de l'homme, tempéra le comte.

La forge était isolée à l'entrée d'un village aux maisons éparpillées, et son maître ressemblait à ce qu'on attendait de lui : grand et large d'épaules comme un Titan grec. Il n'aida pas à décharger les malades, et personne ne songea à l'y obliger, on avait trop de respect pour les maîtres du métal. Il accepta néanmoins de les examiner et s'informa :

— Depuis quand sont-ils dans cet état ?

— Nous avons eu un malade dès la fin de la nuit, expliqua l'abbé. Nos soldats avaient soupé le soir au réfectoire d'une abbaye.

— Si le malaise date de la fin de la nuit, l'empoisonnement a eu lieu d'avant ce repas. Hier midi, sans doute.

— L'escorte n'a pas mangé la même chose que nous hier midi non plus, puisque nous avons été invités par des marchands ! Le cerf était sûrement malade !

— Un cerf… (Le forgeron fit la moue.) À mon avis, ces hommes sont plutôt victimes de la tueuse blanche.

— Une sorcière ? s'effraya l'abbé.

— Si on veut, oui. Une sorcière qui naît de la terre. Un champignon. Et des plus dangereux, car son poison met du temps à agir. Quand on s'en aperçoit, il est trop tard.

— Mon Dieu… souffla l'abbé.

Tout le monde regarda le cuisinier avec une soudaine suspicion.

— Je n'ai rien mis d'autre dans le chaudron que le cerf ! s'affola celui-ci.

Il y eut un silence pesant et, enfin, le comte déclara :

— Nous ne t'accusons pas.

L'abbé dodelina un moment de la tête, puis s'inquiéta auprès du forgeron :

— Pouvez-vous les sauver ?

— Hélas, répondit le géant, on ne peut rien pour eux. Le mal les rongera quatre ou cinq jours et ils mourront.

Il n'y avait au village ni hôtellerie ni endroit où s'installer. On monta les malades dans un de ces greniers sur pilotis qui semaient la campagne, et le forgeron laissa aux valides sa maison pour la nuit. Une seule pièce, sans fenêtre. Richeut fit la grimace et Hunold décréta qu'il ne coucherait pas au royaume des taupes.

— Je suis le chef militaire de cette expédition, répliqua sévèrement le comte, et notre sécurité exige que nous dormions à l'intérieur. Je vais faire étaler une couche de paille fraîche sur le sol. Et nous établirons un tour de garde. Nous sommes six : l'abbé, Loup, Hunold, le cuisinier, le palefrenier et moi.

— Huit, rectifia Alaïs. Richeut et moi pouvons aussi veiller. Nous sommes tout aussi capables de donner l'alarme.

Richeut ouvrit des yeux outrés, mais n'osa pas protester. Elle finit même par proposer :

— On montera la garde ensemble.

— Non, décida le comte, je préfère voir un homme avec chacune de vous. (Il eut un sourire moqueur.) Veiller en compagnie d'une jolie fille empêchera les garçons de s'endormir.

Il décida que l'abbé prendrait le premier tour de garde avec le cuisinier, puis lui-même et le palefrenier, Richeut et Hunold, et enfin Alaïs et Loup. Il faisait preuve pour la constitution des équipes d'un bon esprit d'observation.

Une fois les bagages à l'abri dans la maisonnette et les chevaux attachés sous le toit de la forge, les missi reprirent leurs messes basses. Alaïs, elle, porta de l'eau aux malades.

L'odeur, dans le grenier-infirmerie, était suffocante. Les corps se vidaient, dans de terribles souffrances. Contre quelques piécettes, Alaïs s'arrangea avec les paysannes pour qu'elles ôtent les vêtements souillés des malades et les couvrent d'un tissu propre.

Les femmes à peine parties, elle entendit les voix des missi. Ils ignoraient sa présence dans le grenier et chuchotaient qu'ils n'avaient plus d'escorte et n'en trouveraient pas ici.

— Il faut repartir au plus tôt, poursuivit l'abbé. Tout ira mieux quand nous nous serons débarrassés d'elle.

Alaïs se colla au mur de planches. Le comte ne répondit que par un raclement de gorge. L'abbé reprit alors :

— Nous n'avons pas encore de réponse de Charles, pourtant il nous faut prendre rapidement une décision.

— Nous l'avons prise, s'étonna le comte. Le palais de Quierzy !

— La situation a changé. Le danger se rapproche, vous le voyez bien. Pourquoi avoir éliminé notre escorte ? Tant qu'Alaïs sera avec nous, nous ne serons pas en paix. Et en l'absence de l'empereur, le palais de Quierzy n'a pas une garnison suffisante pour lutter contre un ennemi aussi habile et déterminé. (Il regarda autour de lui avec suspicion.) Alors j'ai pensé à un lieu plus discret : Chelles.

— Chelles ? Mais c'est encore loin !

— À trois jours de Quierzy. Aussi nous ne nous y rendrons pas. Une fois au palais, nous confierons l'interprète à une solide escorte qui l'y conduira. Solution efficace et définitive, il me semble.

— Définitive, oui, acquiesça le comte d'un ton de regret.

Alaïs ne respirait plus. Chelles ! Elle connaissait ce nom : il s'agissait d'une abbaye. Les missi voulaient se débarrasser d'elle en l'enfermant chez les nonnes !

Le comte et l'abbé avaient disparu depuis longtemps qu'elle était encore là, pétrifiée au milieu des odeurs de mort et des gémissements. Quand les femmes revinrent avec du bouillon pour les malades et des toiles propres, elle redescendit l'échelle et s'éloigna.

Elle ne faisait pas la même analyse de la situation que l'abbé. L'intention de l'empoisonneur n'était pas de les priver de leur escorte, car ce n'était que par hasard que les marchands leur avaient sauvé la vie en les invitant avant qu'ils n'attaquent le repas fatal. En réalité, ils auraient dû *tous* mourir !

Elle comprenait de moins en moins. Morte, elle ne présentait aucun intérêt pour les Bavarois. Seul l'empire pouvait y trouver avantage. Mais au point d'empoisonner les missi en même temps ?

Non, elle ne comprenait pas.

On mangea en silence en suivant des yeux chaque paysan qui rentrait ses vaches, chaque femme qui revenait du lavoir, prêt à sortir l'épée à la moindre alerte. Alaïs, elle, observait plutôt ses compagnons. Ils n'étaient plus que huit, et l'ennemi se trouvait parmi eux, elle en était certaine. Elle vérifia que tous mangeaient la nourriture préparée par l'abbé en personne, qui était allé jusqu'à vider lui-même les poissons achetés aux villageois.

Dès la nuit tombée, ceux qui n'étaient pas de guet allèrent s'allonger, dans l'ordre de leur tour de garde.

Longtemps, Alaïs ne dormit pas. Son avenir était maintenant tracé. Bientôt elle serait à Chelles. À l'abri. C'était ainsi qu'il fallait voir les choses.

D'ailleurs, l'abbaye de Chelles était dirigée par Gisèle, la sœur de Charles, qu'elle aimait beaucoup. Et puis, une vie de prières était une vie de paix. Willi allait se marier, elle rentrait au couvent, tout était pour le mieux. La blessure qui lui faisait saigner le cœur se refermerait avec le temps.

Oui. C'était le mieux.

27

Le péril blanc

Alaïs se réveilla en sursaut. Le jour se levait et on ne l'avait pas réveillée pour son tour de garde ! Dans la pièce, tous dormaient. Seules les places d'Hunold et de Richeut étaient vides. Elle secoua Loup et, jetant sur ses épaules son manteau – qui lui avait servi de couverture –, elle sortit.

Richeut n'était plus là et Hunold, appuyé à côté de la porte, ne bougeait plus !

Elle se pencha sur lui. Il ronflait doucement.

La forge rougeoyait déjà, éclairant le géant d'une lueur inquiétante. Elle courut vers lui. Il était en train de fixer une lame de poignard sur un manche court et fin.

— Auriez-vous vu la jeune fille ?

— Elle est là-bas, répondit le forgeron en lui montrant le bois. Dites-lui que j'ai bientôt fini son poignard.

Alaïs regarda avec soulagement vers l'orée du bois, puis son regard revint vers l'arme.

— Vous lui fabriquez un poignard ?

— Je n'en ai pas le temps, je me contente d'en adapter un à la taille de sa main. Elle a raison, vous n'avez plus d'escorte, vous risquez d'avoir à vous défendre. Vous-même, avez-vous une bonne épée, damoiseau ?

Il la prenait pour un garçon. Elle répondit qu'elle en avait une et se dirigea vers le bois.

Richeut ramassait quelque chose par terre et ne l'entendit pas venir.

— Qu'est-ce que tu fais ici toute seule ? s'exclama Alaïs. Tu es folle ?

La jeune fille sursauta et lâcha le champignon qu'elle venait de cueillir. Alaïs poursuivit :

— Pourquoi ne pas m'avoir réveillée ?

— Je n'étais pas fatiguée, j'ai préféré te laisser dormir. (Elle prit un ton de confidence.) Et je n'ai pas perdu mon temps, j'ai trouvé ça. (Elle ramassa son champignon.) D'après la description du forgeron, c'est cette espèce qui a causé l'intoxication. Je voulais savoir si notre empoisonneur avait pu en trouver dans la région, ou s'il l'avait apporté de plus loin, ce qui signifierait qu'il aurait prémédité son acte.

Alaïs examina le champignon. Il était entièrement blanc, de son élégant chapeau à ses lamelles et à son long pied grêle jaillissant d'une épaisse volve. Elle conclut :

— Il a donc pu en trouver par ici.

— Dans ce cas, il s'agit sans doute d'une imprudence du cuisinier qui a voulu relever le plat. (Richeut jeta violemment le champignon à terre.) On aurait pu tous mourir !

— Tu ne crois pas plutôt qu'on a cherché à nous tuer ?

— Hein ? Le cuisinier a voulu nous tuer ?

— Je ne dis pas que c'est lui. Tout le monde pouvait s'approcher du chaudron.

— C'est forcément un de ceux qui restent en vie, s'emporta Richeut. Le cuisinier ou le palefrenier !

— Le palefrenier, ça m'étonnerait. Depuis le premier jour, il s'inquiète, il voit un danger sur nous.

— Qu'est-ce que tu veux dire ?

— Il a des prémonitions, répondit Alaïs. Il croit qu'il y a parmi nous quelqu'un qui nourrit de mauvaises intentions.

— Qui ? s'effraya Richeut.

— Il ne sait pas.

— Alors c'est lui. C'est lui ! (Sa voix s'enfla.)

Il annonce des catastrophes et commet les méfaits lui-même pour qu'elles se vérifient ! C'est lui !

— Calme-toi, souffla Alaïs, nous ne pouvons...

— C'est lui, je te le dis ! Je vais le dénoncer !

Alaïs saisit Richeut par les épaules.

— Arrête ! Nous n'allons pas faire renvoyer un homme qui n'est peut-être pour rien dans ce qui est arrivé !

La jeune fille resta un instant tendue, puis elle soupira :

— Non. Non, nous ne pouvons pas.

Et, les épaules voûtées, elle se remit lentement en marche vers la maison. Puis elle s'arrêta subitement et, tournant la tête, elle lâcha :

— Tout le monde sait que tu portes malheur. S'il y a une nouvelle catastrophe, tu en seras responsable !

Et elle repartit d'un pas furieux. Elle serrait dans son poing, invisible, la volve du champignon.

— Que faisiez-vous là-bas ? s'écria l'abbé, furibond. Avec le danger qui rôde !

— Il y avait Hunold pour nous protéger, plaisanta aigrement Richeut.

La mâchoire de l'abbé se crispa, cependant il se contenta d'ajouter :

— J'ai préparé moi-même le pain du déjeuner. Allez vous servir dans la maison.

Richeut entra et mit un instant à s'habituer à la semi-obscurité. Et là, elle découvrit que, sur la table, il restait deux parts de pain fourré au fromage. Juste deux parts, celle d'Alaïs et la sienne ! Elle n'en crut pas sa chance.

Elle avait été inspirée de ne pas dénoncer le palefrenier, maintenant il pourrait porter la responsabilité de ce qui arriverait. Elle glissa vite le contenu de sa main dans un des morceaux de pain qu'elle tendit ensuite à l'interprète quand elle entra.

— Allons nous laver les mains au ruisseau, proposa Alaïs, nous avons touché un mauvais champignon. (Elle baissa la voix.) J'ai quelque chose à te dire, Richeut.

Elles déposèrent leur déjeuner au bord de l'eau et y trempèrent les mains.

— Tout à l'heure, reprit Alaïs, tu m'as dit que je serais responsable s'il arrivait encore quelque chose. Je comprends que, après tout ce qui s'est passé…

— Ne prends pas mes paroles trop au sérieux, coupa Richeut en riant. Tu me connais, quand j'ai peur, je dis n'importe quoi. Oublie ça et mangeons.

— Je voulais t'informer…

— Mange, on va repartir.

Alaïs reprit son pain en poursuivant :

— Je voulais seulement te rassurer. Vous allez

enfin pouvoir respirer. Mon sort est scellé, je vous quitte.

— Pour aller où ? s'inquiéta Richeut.

— Au couvent.

— Au… couvent ?

Richeut semblait suffoquée.

— Chelles, précisa Alaïs. J'y serai bientôt.

— Alors ton voyage s'arrête là ?

— Il s'arrête là, confirma Alaïs en approchant le pain de sa bouche.

Richeut mordit vite dans le sien et cracha.

— Pouah ! Ne mange pas ça ! (Elle arracha le pain des mains d'Alaïs et jeta les deux à la rivière.) Il y a de l'oignon avec le fromage. Infect.

— J'aurais pu goûter, protesta Alaïs.

— On va plutôt s'en fourrer un au jambon, hein ? Remontons. Tu sais… je t'envie un peu. Tu vas mener une vie douce et tu gagneras directement le paradis à la fin de tes jours.

Alaïs eut un vague sourire.

— Si cela te tente à ce point, pourquoi ne pas entrer toi aussi au couvent ?

— Impossible, hélas. Je suis fille unique, il faut que je me marie pour assurer la descendance.

— Ah. Et ce mariage est déjà prévu ?

— C'est pour bientôt. Dès que mon père reviendra de l'ost.

— Et tu sais avec qui ?

— Un voisin. Riche, vieux et ennuyeux, qui tousse et qui crache. (Elle grimaça.) Crois-moi, tu as la meilleure part.

Elles rirent, puis Richeut reprit :

— Je te regretterai, Alaïs. J'ai beaucoup d'admiration pour toi, tu sais. Avec tout ce qui t'est arrivé, tu as gardé courage et dignité.

Elle leva les yeux et, là, elle croisa le regard du palefrenier. Un regard attentif. Elle n'entendit pas ce qu'Alaïs répondit. Elle se mit à courir vers les missi dominici.

— Messires ! C'est lui qui a tenté de nous empoisonner !

Elle désignait du doigt le palefrenier.

— Que racontez-vous, mon enfant ? s'étonna l'abbé.

— Il est coupable, je le sais ! C'est un mauvais homme. D'ailleurs, il me regarde par en dessous et a déjà essayé de glisser sa main sous ma robe. Je n'ai rien voulu dire par honte d'avoir attiré les désirs d'un vulgaire serviteur, mais je ne peux plus me taire. D'autant que je suis sûre que c'est lui qui a agressé Alaïs dans la nuit !

Interdit, le palefrenier souffla :

— C'est faux, messire. Je n'ai jamais…

— Comment oses-tu ouvrir la bouche en ma présence, sale porc ? hurla Richeut. Tous les malheurs qui nous frappent viennent de toi, j'en ai eu la révélation.

— Je ne...

— Je t'ai vu rôder autour du chaudron le jour de l'empoisonnement !

L'abbé intervint :

— Mon enfant, êtes-vous sûre de vos accusations ?

— J'ai eu une révélation, vous dis-je. Or même l'empereur Charles m'a félicitée de mes intuitions. C'est moi qui lui ai conseillé de ne pas épouser Irène, l'impératrice de Constantinople. Et que s'est-il passé ? Quelques mois après, elle perdait son trône, rendant ce mariage inutile. Vous voyez !

Prétendre après coup qu'on avait annoncé les événements ne prouvait rien, mais tous étaient trop préoccupés pour le remarquer. Alaïs s'interposa :

— Je ne crois pas que ce soit lui qui m'ait agressée, je t'assure.

Richeut devint hystérique.

— Je ne peux plus supporter sa présence, je ne peux plus supporter son regard. Qu'il s'en aille ! Qu'il s'en aille ! Si l'empereur apprend que je vous ai avertis et que vous n'avez rien fait...

Les missi demeuraient stupéfaits. Le palefrenier lui, considérait Richeut entre incertitude et effroi.

— Cet homme est à mon service depuis longtemps, protesta le comte, et son père l'était avant lui. J'ai du mal à croire que…

— Nous ne pouvons pas prendre de risque, décréta l'abbé.

Le comte hocha la tête, agacé.

— Bien, soupira-t-il en direction du palefrenier. Nous ne t'accusons pas formellement, mais nous devons te renvoyer.

— Je… Je comprends, messire.

— Rentre à Aix, reprit le comte, avertis l'empereur de ce qui s'est passé et fais-nous envoyer une nouvelle escorte.

Le visage tourmenté, le palefrenier hocha longuement la tête, comme s'il hésitait à dire quelque chose. Enfin il s'éloigna à reculons.

— Attends, lui souffla Alaïs comme il passait près d'elle. Je vais plaider ta cause.

— Je vous en supplie, damoiselle, chuchota l'homme, laissez-moi partir. J'étouffe ici. Je ne peux rien. Rien. Et vous serez bientôt en sécurité.

28

La vraie Richeut

Richeut regarda le palefrenier s'éloigner. De temps en temps, il tournait la tête vers eux, l'air irrésolu. Tant qu'il resta à portée de vue, elle retint sa respiration, redoutant à tout moment de le voir faire demi-tour. Enfin, il disparut dans le virage.

Un long moment, elle resta là, les yeux fixés sur le chemin, mais il ne réapparut pas. Alors seulement, elle se remit à respirer. Il était temps qu'elle s'en débarrasse, il commençait à avoir des doutes à son sujet !

Elle faillit éclater de rire tant elle était soulagée. Maintenant, il lui faudrait faire preuve de la plus grande prudence. Elle devait se montrer aimable et douce, continuer ses efforts, même si elle avait souvent beaucoup de mal. Il n'y en avait plus pour longtemps. Elle était débarrassée du gêneur et le serait bientôt d'Alaïs.

Duchesse de Bavière ! Par chance, elle l'avait su en collant l'oreille à la porte de l'empereur tandis qu'elle attendait avec son père d'être reçue en audience. D'abord, l'apprendre l'avait mortifiée : elle s'était montrée désagréable avec Alaïs sans savoir que cette fille était d'une noblesse supérieure à la sienne. Ensuite, ça lui avait bien servi : Alaïs représentait un danger pour l'empire, ce qui lui avait permis d'imaginer ces « accidents » pour se débarrasser d'elle. Elle serra les dents. Malheureusement, rien n'avait marché !

Elle avait d'abord payé des paysans pour l'enlever, mais ces culs-terreux avaient raté leur coup ! Elle avait alors empoisonné sa jument, seulement Loup avait remplacé l'animal et Alaïs était restée.

Puis elle avait jeté son sac à la rivière, avait soudoyé une paysanne pour lui déchirer sa dernière robe, et Alaïs s'incrustait ! De rage, elle l'avait poussée dans la fosse… et c'étaient les missi qui y étaient tombés !

Ça l'avait rendue folle. Au point de se mettre elle-même en danger pour précipiter l'interprète du haut du pont ! Elle avait bien sûr repéré d'abord un solide moignon de parapet auquel se raccrocher, mais elle avait quand même eu très peur. Et cette saleté de fille s'en était tirée ! Là, elle avait bien failli exploser et lui planter carrément un poignard dans le cœur.

Heureusement qu'elle n'en avait pas, cela n'aurait pas été une solution raisonnable. Il fallait un moyen discret. En attendant, elle avait insisté sur la « malchance » d'Alaïs en payant l'aide-cuisinier pour voler sa bourse. Richeut eut un sourire railleur. Il y avait aussi Hunold, qui avait sans le savoir joué sa partie en essayant de violer Alaïs. Décidément, la *duchesse* savait se faire des ennemis !

Duchesse ! Ça lui avait donné l'idée d'écrire au bas du serment une phrase dénonçant sa véritable identité. Du coup, les missi la croyaient en danger et – mieux – se croyaient en danger à cause d'elle ! Cependant, ils avançaient toujours et toujours. De désespoir, elle avait fini par jeter de la tueuse blanche dans le chaudron de cerf…

Et voilà, les missi avaient pris cette excellente décision du couvent. Elle était finalement soulagée qu'à cause des marchands – ou grâce à eux – seule l'escorte ait été atteinte. Le résultat était là : Alaïs allait être enfermée pour sa vie entière, elle ne risquait plus de lui voler Willi.

Car Willi serait son époux. Elle l'avait décidé le jour où elle l'avait aperçu pour la première fois. Il serait à elle et à aucune autre. Heureusement qu'une indiscrétion de Loup lui avait fait comprendre qu'Alaïs était cette fille dont Otfrid lui avait parlé pour expliquer le peu d'empressement de Willi à l'épouser !

On paya les villageois pour qu'ils s'occupent des mourants et les enterrent chrétiennement, puis on attacha les chevaux les uns aux autres et on repartit.

On avançait avec prudence, l'arme à la main. Seul l'abbé refusait de porter l'épée, et aussi Richeut, qui ne savait pas s'en servir. Loup trouva ça touchant. Depuis qu'elle avait expliqué ses terribles intuitions, il comprenait qu'elle ait pu parfois leur paraître désagréable. Mais le renvoi du palefrenier avait tout apaisé, et elle était redevenue charmante. La preuve que l'homme était bel et bien coupable ! Maintenant, Loup chevauchait toujours derrière elle pour la défendre en cas de besoin, et aussi la contempler. C'était vraiment une fille étonnante. Son intelligence, son élégance en selle, la grâce de son port de tête…

Quand on s'arrêta à l'heure de midi, le comte refusa qu'on fasse du feu, pour ne pas risquer d'être repéré. Il n'arrivait pas à se sentir rassuré. Il chuchota à l'abbé :

— J'ai du mal à croire mon palefrenier coupable, je l'ai renvoyé à Aix surtout parce que nous avons le plus grand besoin d'une nouvelle escorte. J'ai peur que le danger ne soit pas écarté.

— Moi, remarqua l'abbé, je me demande si Richeut ne nous a pas mis sur la piste du palefrenier juste pour nous dissuader d'envoyer l'interprète au couvent. Elles se sont peut-être arrangées entre elles pour nous jouer cette comédie.

— Vous croyez ? s'étonna le comte. Alaïs ne jouerait pas la vie d'un homme pour se sauver du couvent. D'autant qu'elle ignore que nous l'y emmenons.

— Il n'empêche que j'ai vu ces jeunes filles comploter près du ruisseau juste avant que Richeut ait son « intuition ».

Le comte le considéra avec stupéfaction, puis décréta :

— Nous allons en avoir le cœur net.

Il demanda à Richeut de les rejoindre.

— Votre intuition nous a beaucoup impressionnés, lui chuchota-t-il, et nous voudrions vous soumettre notre dilemme. Nous pensions que quelqu'un cherchait à enlever votre amie Alaïs et avions décidé de l'emmener au couvent. Cependant, si le palefrenier était bien le coupable, une telle mesure ne paraît plus nécessaire. Êtes-vous sûre de vous ?

Richeut en eut le souffle coupé. Elle répondit d'un air sincèrement effrayé :

— J'en suis sûre, mais je suis sûre aussi qu'il n'est pas seul dans ce complot. (Elle regarda autour d'elle et baissa encore la voix.) J'y ai beaucoup réfléchi. Alaïs est menacée, nous en avons eu la preuve depuis le début de ce voyage et jusqu'à l'empoisonnement de l'escorte qui laisse aux malfaiteurs le champ libre. J'ignorais que vous vouliez la mettre au couvent, mais c'est sans doute la meilleure solution. Et je le sais, Alaïs s'en réjouira profondément.

Le comte remercia de la tête et lui fit signe qu'elle pouvait disposer.

— Voyez, dit-il à Baudouin, elles n'ont pas partie liée pour éviter le couvent. Cela dit, j'hésite tout de même. J'aurais préféré avoir une réponse de Charles.

— Notre messager a dû arriver trop tard et ne l'a plus trouvé à Aix. Mais rassurez-vous, l'empereur ne pourra nous donner tort, nous faisons pour Alaïs ce qu'il y a de mieux.

29

Le palais de Quierzy

Loup regarda en arrière pour la centième fois. Jusqu'ici, il avait espéré voir paraître Willi mais, maintenant, il le redoutait un peu. Il l'avait appelé à l'aide pour rien : le palefrenier, cause de tous leurs maux, était reparti et, malgré l'absence d'escorte, plus rien n'était arrivé.

Richeut était extraordinaire. Les missi lui accordaient tant d'importance qu'ils l'avaient même consultée en secret. Sur quel sujet ? Il l'ignorait. Quand il le lui avait demandé, elle avait juste pris un air mystérieux. Il lui jeta un nouveau coup d'œil. La fille du comte Rigulf était de jour en jour plus ravissante.

Comme le soir venait, Ils aperçurent enfin une haute tour de guet surveillant à la fois un port sur la rivière et un immense palais entouré d'eau.

Quierzy ! L'abbé rendit grâce à Dieu de les y avoir menés sans encombre.

En bordure d'un domaine aux champs soigneusement cultivés, une enceinte entourée de fossés protégeait les bâtiments disposés en carré, une chapelle et de longues constructions qui devaient être les écuries.

— Recueillons-nous, ordonna le comte. Ici est mort Charles Martel, brave et glorieux ancêtre de notre empereur.

Tous baissèrent un instant la tête en signe de respect.

Leur visite n'était pas prévue, Alaïs le comprit à l'attitude du sénéchal qui administrait le palais, car il s'agita aussitôt pour tout faire préparer. Heureusement, il y avait des vivres en réserve et leur troupe était plus que modeste.

Autour de la cour carrée s'ouvraient la salle à manger, la salle de réception, le gymnase, le logement des gardes, le cellier et, à l'étage, les chambres. Alaïs s'assit sur le lit qu'elle partagerait avec Richeut et soupira :

— J'avais espéré qu'on reprendrait la route de l'ouest, mais nous voilà à Quierzy… Crois-tu que les missi veulent toujours me mettre au couvent ?

On frappa à la porte, et Loup entra.

— Quel luxe ! s'exclama-t-il en regardant les coffres à linge, les chaises à coussins et les chaudes fourrures qui couvraient les lits. Ça nous change des tas de paille et des odeurs de fumier.

— Ce palais accueille les rois depuis deux cents ans, expliqua Richeut, il a des raisons d'être confortable.

Loup commenta d'un ton admiratif :

— Tu en sais, des choses !

Alaïs lui jeta un regard surpris. Il jouait les idiots, car il le savait aussi. Il était donc vraiment amoureux ! Au moment d'entrer au monastère, ce n'était pas une très bonne idée.

Elle reposa sa question :

— Tu connais leurs intentions ?... Tu peux parler devant Loup, c'est un ami.

— Je n'ai pas osé te le dire, répondit Richeut en baissant la tête, les missi m'ont convoquée pour me demander si j'étais sûre que le palefrenier était coupable. Je leur ai affirmé que oui, que tu ne courais plus aucun danger et qu'il était inutile de t'enfermer, cependant ils persistent à penser que tu portes malheur et préfèrent leur sécurité.

Alaïs accusa le coup, puis sourit avec résignation.

— Je te remercie. Tu as fait ce que tu as pu.

— Tu entres au couvent ? s'ébahit Loup.

— C'est ce qu'il paraît. (Alaïs prit un ton enjoué.) J'y serai très bien. Si je me mariais, je devrais obéir à mon mari et je préfère encore la discipline d'un monastère. Et puis j'aime beaucoup l'abbesse Gisèle. Elle est très cultivée, auprès d'elle je pourrai poursuivre mes études.

— Moi aussi, grogna Loup, on m'enferme. Et j'en ai assez des études !

— Tu te spécialiseras en herboristerie ou en enluminure, le consola Alaïs. On a toujours besoin d'enlumineurs pour les manuscrits.

Loup jeta un regard malheureux vers Richeut, et Alaïs sentit qu'elle devait sortir.

Appuyé à la balustrade qui courait autour du couloir de l'étage, le comte tourna la tête en entendant son pas.

— C'est vous, ma petite interprète ?

— C'est moi, messire comte. Je voulais vous demander si nous resterons longtemps en ce palais.

— Pourquoi cette question ?

Alaïs s'efforça de rire :

— Pour de simples problèmes de lessive à sécher. Je n'ai qu'une tenue…

— Je vais vous faire donner une robe, Alaïs. Des dames de passage ont bien dû en laisser, et ce sera plus convenable pour…

— Pour quoi, messire ?

— Pour… une jeune fille.

Alaïs s'appuya à la balustrade à côté de lui.

— Ce n'est pas ce que vous alliez dire, messire Évrard.

Le comte haussa les épaules d'un air las.

— Demain matin, nous nous séparons. Vous descendrez sur Chelles avec une escorte. Je regrette de vous perdre, vous qui êtes mes yeux, mais nous ne pouvons plus prendre de risques.

— Je comprends, murmura Alaïs d'une voix atone.

Il faisait presque nuit quand Willi aperçut la lueur déclinante d'une forge. Il sauta de cheval et frappa à la porte de la masure voisine :

— Oh ! Y a-t-il quelqu'un ?

Un grand costaud s'encadra dans la porte. Willi reprit :

— On m'a dit à Saint-Quentin que des missi avaient pris cette route. Les avez-vous vus passer ?

— Passer et rester, répondit l'homme. Les trois quarts sont en train de mourir ici.

— Mourir ?

— Empoisonnés.

Willi se tourna avec effroi vers le grenier sur pilotis qu'on lui désignait.

— Y a-t-il une femme, parmi les mourants ? demanda-t-il précipitamment.

— Oui.

— Je veux la voir !

— C'est une servante, précisa le forgeron. Seuls les serviteurs ont été atteints.

Le soulagement envahit Willi.

— Les autres femmes sont donc reparties saines et sauves, s'assura-t-il.

— L'autre femme. Il n'y en avait qu'une.

— Qu'une ?

— Une jolie blonde, grande, avec un sourire découvrant trop de dents et de la perfidie au fond de l'œil.

Willi considéra le forgeron avec stupéfaction. C'était – sans qu'il l'ait jamais formulé ainsi – le portrait craché de Richeut. Mais où était Alaïs ? Il en fut soudain effrayé :

— N'y avait-il pas eu de mort dans la troupe avant son arrivée ici ?

— Ils avaient laissé un malade en chemin. Un des soldats de l'escorte.

Willi demeura muet. Il n'y comprenait rien. Il avait bien cru que l'expression de Loup, l'*amie en danger* faisait allusion à Alaïs !

Il resta là un instant, hésitant sur ce qu'il devait faire.

30

La missive de Charles

Alaïs remit ses vêtements de garçon. Pour plus de sécurité, les missi souhaitaient qu'elle finisse le voyage dans cette tenue. Elle n'enfilerait sa robe qu'au dernier moment. Une jolie robe, mais qu'elle ne porterait guère : elle aurait vite à la troquer contre une autre, beaucoup plus simple et moins seyante, celle des religieuses.

Le jour pointait à peine que son escorte était prête. Six hommes en armes pour elle toute seule, alors qu'il n'y en aurait que deux pour accompagner les missi. Alaïs attacha son sac à l'arrière de sa selle. Elle avait dit adieu à ses compagnons la veille. Loup en avait eu les larmes aux yeux. Elle aussi. Leurs chemins, en devenant semblables, se séparaient.

Elle posa le pied sur l'étrier et monta en selle. Dans le matin frais et humide de rosée, ils quittèrent le palais par une porte dérobée et s'éloignèrent au petit trot.

Ils avaient fait presque une lieue quand ils aperçurent un cavalier venant vers eux au grand galop. Les soldats portèrent aussitôt la main à l'épée, mais l'homme ralentit.

— Oh ! Service de l'empereur ! Ne soyez pas si nerveux. Suis-je loin de Quierzy ?

— À gauche au prochain carrefour, répondit le chef de l'escorte.

L'homme salua et reprit le galop tandis que la troupe poursuivait son chemin. Alaïs tourna un instant la tête pour le regarder s'éloigner. Elle l'avait reconnu, c'était un des courriers de Charles.

Le messager laissa son cheval aux palefreniers du palais et gagna la salle à manger qu'on lui avait indiquée. Repérant les deux hommes qu'il cherchait, il s'inclina.

— Comte Évrard, abbé Baudouin, j'ai à vous remettre ceci de la part de Charles, grand et pacifique empereur.

Les deux missi se regardèrent. Les instructions sur lesquelles ils ne comptaient plus ! Inquiets de ce qu'ils y trouveraient, ils se renvoyèrent l'honneur de s'emparer de la missive.

— En tant que secrétaire, décréta Loup, je peux m'en occuper.

Et, sans attendre leur réaction, il détacha le cachet et déroula le parchemin.

— « Ne vous séparez d'Alaïs en aucun cas. Elle serait en grand danger dans un monastère de femmes qui n'a pour défense que ses murs. D'autant que la loi ne l'autoriserait pas à prononcer ses vœux avant une longue période de réflexion et qu'elle resterait longtemps à la merci des comploteurs. »

Les missi en furent frappés de stupeur. La catastrophe qu'ils redoutaient ! Richeut saisit le parchemin et s'écria :

— L'empereur n'a pas compris la situation, il ignore qu'Alaïs est déguisée en garçon et que personne ne peut la reconnaître ! Heureusement pour elle qu'elle est partie.

— Damoiselle Richeut, répliqua le comte, vous n'avez pas à juger du bien-fondé des décisions de votre empereur. Il faut envoyer immédiatement quelqu'un pour ramener Alaïs.

Richeut poussa un cri strident et se prit la tête entre les mains.

— Ne faites pas ça ! Ne faites pas ça, j'ai un affreux pressentiment ! Je la sentais tellement en sécurité à Chelles !

L'abbé s'énerva :

— Damoiselle Richeut, vos pressentiments ne peuvent entrer en concurrence avec les ordres de Charles.

Il lui arracha le document des mains et lut la suite :

— « D'autres liens peuvent se sceller plus rapidement. Je parle de ceux du mariage. Unissez-la à un homme sûr, n'ayant aucune attache avec la Bavière. Je vous délègue pour cela mon autorité. »

Il y eut un silence, puis le comte observa :

— Charles a raison.

Richeut était livide. Elle bredouilla :

— Il est malheureusement trop tard pour revenir en arrière, l'empereur le comprendra.

Mais les missi ne lui accordèrent aucune attention.

— Qu'on rattrape l'escorte de l'interprète, ordonna le comte à ses gardes, et vite !

Puis il sortit avec l'abbé, laissant les jeunes finir leur repas.

— Ils vont marier Alaïs ! s'ébahit Loup. Avec qui ?

Richeut tourna les yeux vers lui, et son regard s'éclaira.

— C'est vrai, ils doivent lui trouver un mari tout de suite ! Donc ici ! (Elle saisit le bras d'Hunold.) Tu devrais te proposer.

Hunold fit la grimace.

— Elle ne me plaît pas.

— Tu veux dire, ricana Loup, que tu as peur qu'elle te tienne tête.

— Tu la materas ! s'exclama Richeut. Une femme doit obéissance à son mari, et ce sera ta revanche.

Mais Hunold ne semblait pas très confiant. Il contra :

— Elle n'a aucune fortune.

— L'empereur la dotera, il est son tuteur !

— L'argent ne remplace pas les terres.

Richeut s'emballa :

— Comment peux-tu rater une pareille occasion ? L'empereur serait alors bien obligé de te nommer comte !

— Tu crois ?

— Réfléchis. S'il veut un mariage stable, il devra ôter à Alaïs toute raison de divorcer. Donc donner de l'importance à son époux pour qu'elle ne puisse pas invoquer la mésalliance.

Hunold changea de visage.

— Je vais y réfléchir, dit-il enfin.

31

Le choix d'un mari

En rappelant Alaïs, les missi eurent au moins la satisfaction de récupérer en même temps les hommes de son escorte. Le comte en avait une supplémentaire : celle de récupérer aussi ses yeux. Et puis, il avait de l'affection pour son interprète. Elle était jolie et secrète, avec mille fois plus de choses dans la tête qu'elle n'en disait. Il aimait les femmes intelligentes et cultivées, et il était veuf depuis si longtemps…

Songeur, il attendait qu'on ait sellé son cheval, quand il entendit à son oreille :

— Messire comte…

Il tourna la tête et reconnut la silhouette d'Hunold. Une silhouette dans laquelle, qu'elle fût à pied ou à cheval, il n'avait jamais perçu la moindre dignité.

— Messire comte, je crois avoir résolu le problème que vous vous posiez.

— À quel sujet ?

— Nous n'en avons pas. Alaïs n'est pas ma filleule ni celle de feu mon épouse.

— Reste à savoir si vous n'avez aucun lien de sang et, pour cela, nous devons remonter jusqu'au septième degré de parenté.

— Je n'ai aucun rapport avec la Bavière, protesta le comte.

— Avec la Bavière, peut-être. Mais le duc Tassilon était cousin de Charles, dont vous êtes aussi un parent éloigné. (Il soupira.) Comprenez-moi, comte, en tant que représentant de l'Église et malgré l'envie que j'en ai, je ne puis me permettre de passer outre à l'enquête.

— Je vous comprends. Je songe juste que, tant qu'elle n'est pas mariée, Alaïs reste en danger. Et nous aussi !

— Je ne le sais que trop. Cependant, imaginez que le mariage doive ensuite être cassé pour cause de consanguinité ! L'empereur pourrait nous en tenir pour responsables.

— Vous avez raison, reconnut le comte. Menons rondement cette enquête et confrontons la liste de nos ancêtres respectifs. Je vais vous dicter la mienne, et vous la comparerez avec la sienne.

La liste d'Évrard en main, l'abbé rejoignit Alaïs dans la bibliothèque. Elle paraissait grave, comme toute jeune fille apprenant qu'elle devait se marier et ne connaissait pas encore le nom de son époux. Il s'installa à l'un des pupitres.

— Damoiselle Alaïs, pour envisager votre mariage j'aurais besoin de quelques renseignements.

— Vous avez décidé de mon futur époux ? demanda-t-elle, la bouche sèche.

— Je… Je vous en parlerai si la chose se résout. Pour cela, il me faut des renseignements concernant vos ancêtres. Pouvez-vous m'en donner la liste jusqu'à la septième génération ?

Alaïs le considéra avec stupéfaction.

— J'aurais pu le faire pour la famille du comte Adalbert et de dame Émine qui m'ont élevée et que je croyais mes parents. Mais pour mes véritables ancêtres, je n'en connais pas le nom.

L'abbé en fut catastrophé. Puis il réagit :

— La généalogie du duc Tassilon doit être facile à retrouver… Malheureusement, nous ne pourrons l'obtenir qu'à Aix ou en Bavière. (Son œil s'éclaira d'un coup.) Ou à l'abbaye de Jumièges, où le duc est mort !

32

Des projets douteux

Maintenant qu'Hunold s'était imaginé en époux d'Alaïs, il n'avait plus envie de renoncer. D'ailleurs, il aurait été fier d'avoir une telle femme à son bras. Même habillée en garçon, il la trouvait très attirante et, quand on se marie, ce n'est pas négligeable.

Il lui restait une solution : l'enlever. Car une femme ne pouvait laver le déshonneur du rapt qu'en épousant son ravisseur.

Oui, seulement aujourd'hui, cette vieille coutume n'était que plus ou moins admise par la loi, et Charles risquait de ne pas apprécier qu'on lui force la main.

… Après tout, peu importait ! Pour sa sécurité, l'empereur serait bien obligé d'accepter, puis de lui offrir un comté.

Il s'arrêta pour contempler les remparts qui venaient de surgir des marais. Péronne !

On n'accédait à la ville que par un pont-levis au-dessus d'un bras d'eau. Une sacrée place forte, sûrement pas facile à prendre ! Lorsqu'il aurait épousé Alaïs, il demanderait volontiers ce comté. La ville semblait bien défendue, et les innombrables étangs qui la cernaient devaient regorger de poissons. Un solide revenu. Sans compter la chasse au gibier d'eau…

Il remit les pieds sur terre : pour ça, il lui fallait déjà enlever Alaïs. Ils dormiraient ce soir à l'abbaye du Mont-Saint-Quentin, c'était l'occasion rêvée. Une abbaye n'était pas aussi surveillée qu'un palais.

— Damoiselle, annonça le comte Évrard à Alaïs tandis qu'ils se dirigeaient vers la porte de la ville, il faut que je vous parle.

Le cœur d'Alaïs bondit. Il allait lui révéler qu'elle devrait épouser un noble de cette ville ! Elle tenta de se rappeler si le maître de Péronne était un comte ou un évêque, sans succès.

— Il s'agit de votre mariage. Je… J'ai confié à l'abbé la liste de mes ancêtres.

Alaïs en fut suffoquée.

— La liste de…

— Je vous apprécie beaucoup et voudrais faire de vous ma femme.

Il avait débité sa phrase d'un coup pour être sûr de la dire jusqu'au bout. Puis il poursuivit par ce qu'il s'était juré d'avouer :

— Le jeune Hunold a également proposé de vous épouser. Mais l'empereur n'a guère confiance en lui, il nous faudrait donc solliciter son accord. Sans parler de celui du père du jeune homme. Cela prendrait beaucoup de temps et…

— N'en faites rien, souffla Alaïs. Je ne veux pas épouser Hunold.

Le comte eut un petit sourire soulagé et flatté. Il crut que la jeune fille voulait dire qu'elle souhaitait vraiment l'épouser, lui. Ou du moins, il préféra le croire. Il lui sourit de nouveau et rejoignit vite l'abbé pour lui annoncer la bonne nouvelle.

Alaïs tira sur les rênes pour se laisser rattraper par Loup et Richeut.

— Je sais qui je dois épouser, leur souffla-t-elle.

— Hunold ? demanda Richeut.

— Non. Le comte Évrard. (Elle eut un pâle sourire.) Au moins, lui est honnête et intelligent.

Richeut ricana :

— Ça ne m'étonne pas. Seul un vieux se moque bien que tu n'aies pas de dot. Ce qu'il veut, c'est de la chair fraîche. Qui d'autre t'épouserait ?

Elle surprit le regard interloqué de Loup et se força à rire :

— Je plaisante ! Le comte Évrard est un excellent parti, je suis contente pour toi. En plus, il mourra vite, et tu seras tranquille.

Hunold ne dormait pas. La chambre des filles était contiguë à la sienne et possédait le même genre de fenêtre, avec un volet s'accrochant à l'intérieur, ce qui lui avait permis de tout bien organiser. C'était quasiment trop facile, encore plus facile que le jour où il avait voulu se venger de son dédain en la violant. En plus, Richeut lui avait juré qu'elle n'interviendrait pas. Il ignorait pourquoi, mais elle détestait Alaïs.

Plus il y pensait, plus il était content de son plan. Même si l'empereur était contrarié sur le moment, il apprécierait l'exploit d'un jeune homme assez fougueux pour enlever une femme. « Fougue » était un mot qu'il prisait, il avait besoin de seigneurs combatifs, avec de l'esprit de décision.

Compter les heures dans un monastère ne posait aucun problème : on était tiré du sommeil toutes les trois heures par la cloche annonçant un office. D'ordinaire, ça le mettait en rage, mais pas cette fois. Il attendit que les moines soient revenus des laudes, se leva en prenant garde de ne pas réveiller Loup et sortit silencieusement.

Première opération, seller deux chevaux. Ensuite, s'occuper d'Alaïs. La complication serait qu'elle n'accepterait pas de le suivre si elle n'était pas entravée et bâillonnée. Il commencerait donc par l'assommer. Pas de problème : à l'entraînement, il avait appris à le faire. Un bon coup sur le crâne, il la jetait sur son épaule et la faisait passer par la fenêtre. Au besoin, Richeut lui donnerait un coup de main.

Alaïs se redressa. Son cheval s'était manifesté, elle avait reconnu son hennissement. Elle resta un moment à écouter. N'étaient-ce pas des bruits de sabots qui approchaient ? La fenêtre n'avait pas son volet, Richeut avait insisté pour la laisser ouverte à cause de la chaleur. Il faisait encore nuit.

Des pas de chevaux venaient bien par ici ! Alaïs courut à la fenêtre, saisit le volet et l'accrocha en place.

Elle était à peine recouchée que le volet vibra. Elle se redressa, effrayée. Il claqua dans ses attaches sans céder, et elle entendit un juron. Puis la plaque de bois fut secouée avec rage. À tâtons, Alaïs chercha l'épée qu'elle avait posée près du lit et ne la trouva pas.

— Richeut ! Richeut ! appela-t-elle.

Mais la jeune fille ne se réveillait pas. Le volet claquait maintenant violemment. Un peu affolée, Alaïs décrocha la bouteille d'eau bénite fixée au-dessus du lit et, sur la pointe des pieds, se colla au mur près de la fenêtre. Si une tête passait, elle frapperait de toutes ses forces.

Le volet ne s'arracha pas et, enfin, elle entendit les chevaux s'éloigner.

Elle demeura éveillée le reste de la nuit, mais plus rien ne se passa. Ce n'est qu'au moment où le jour commença à éclairer la pièce qu'elle s'aperçut que son épée était couchée le long du mur, derrière le lit. Comment avait-elle pu glisser jusque-là ?

33

La résolution du désespoir

À partir de ce point, on pouvait utiliser le fleuve pour voyager, ce qui était beaucoup plus sûr et rapide. On se répartit dans les embarcations, deux personnes avec leurs chevaux dans chacune. Précédés par une barque d'escorte, Alaïs et le comte prirent la tête, suivis par Richeut et Hunold, puis par l'abbé et Loup. Le convoi était fermé par deux autres barques d'escorte.

On avait du mal à savoir où était le fleuve, tant il se fondait souvent dans les marais et les étangs, mais les bateliers connaissaient chaque méandre, et le fond plat des bateaux les protégeait des échouages. Voile tendue, on filait sur l'eau.

Le comte, que ses mauvais yeux empêchaient de surveiller les rives, vérifiait sans cesse la présence de son épée à son côté. Depuis qu'Alaïs lui avait raconté les événements de la nuit, il avait plus que hâte d'arriver à Jumièges pour l'épouser.

On longeait des bassins où frétillaient des milliers de petites anguilles, on croisait des pêcheurs dans leurs barques remplies de tanches, carpes, perches ou brèmes. Des enfants couraient sur les gués sillonnant les marécages en leur faisant des signes et en brandissant des écrevisses rouges qu'ils voulaient leur vendre.

— Messire, chuchota Alaïs en mettant subitement la main à son épée, la barque d'escorte est en train de doubler une autre embarcation.

— De quel genre ?

— Transport d'esclaves, je crois, mais cela pourrait être un piège.

— Attendez ! s'écria le comte. Que se passe-t-il ? Je sens de l'eau sous mes pieds. Il y a une fuite au fond ! Batelier ! Il y a une fuite.

L'homme ne s'affola pas :

— Ce n'est rien. Vous avez de bonnes chaussures...

Lui portait des sandales à épaisses semelles de jonc tressé.

— Trouvez-nous immédiatement un endroit au sec où réparer, ordonna le comte.

Le batelier grommela qu'il s'en moquait, que c'étaient eux qui payaient le temps perdu, et il accosta au pied d'une butte. Les autres embarcations se rangèrent à leurs côtés, et tout le monde débarqua. Autant en profiter pour déjeuner.

L'endroit était isolé, on n'entendait que le cri des sarcelles et des poules d'eau.

— Montons au sommet, pour nous mettre à l'abri de l'eau, proposa l'abbé.

— Et voir l'ennemi approcher, souffla Loup à Richeut.

— Quel ennemi ?

— Tu sais bien que quelqu'un a essayé d'entrer par la fenêtre d'Alaïs, cette nuit.

— Ah ! s'amusa Richeut. Tu y crois ? Je partageais son lit et je n'ai rien entendu. Si tu veux mon avis, elle a juste fait un cauchemar. (Elle eut une grimace méprisante.) C'est une sacrée froussarde.

— Alaïs ? s'éberlua Loup. Sûrement pas.

Pas assez, non, songea Richeut avec colère. Quel bon à rien, cet Hunold !

Depuis la pente, le spectacle était magnifique. Partout, des taches d'eau reflétaient le soleil, passant du jaune au vert, puis au gris et noir quand un nuage y posait son ombre.

— Finalement, déclara Loup d'un air préoccupé, j'ai bien fait de le prévenir. J'espère qu'il va nous trouver.

— De qui parles-tu ? s'étonna Richeut.

— De Willi. Je lui ai envoyé un message disant qu'Alaïs était menacée.

— Mais…

— Il est fiancé, je sais. Cela ne l'empêchera pas de voler au secours d'Alaïs. Ils étaient très proches autrefois, il ne peut l'avoir oubliée. En tout cas, il ne la laissera pas en danger.

Richeut blêmit.

— Pourquoi l'as-tu appelé ? Nous avons une escorte !

— Elle n'est que de six hommes, cela me rassurerait d'avoir Willi pour la commander.

— Tu as raison, reconnut enfin Richeut, c'est une bonne idée.

Et elle songea qu'il fallait en finir d'urgence. Pas question d'attendre Jumièges, il serait trop tard. Elle se leva.

— Damoiselle Richeut, rappela l'abbé, ne vous éloignez pas.

— Je vais dans les roseaux, répondit-elle pour suggérer un besoin pressant.

Elle descendit la pente, s'accroupit au milieu des hautes tiges et avança pliée en deux en fouillant la berge des yeux. Elle aurait dû garder un peu de son champignon blanc si pratique par ses effets qui ne se faisaient sentir que plusieurs heures après, cependant elle connaissait d'autres plantes, sa nourrice lui en avait montré beaucoup. Et dans ce genre d'endroit, on devait trouver…

Là ! Elle saisit une haute tige verte, arracha le plant et examina sa racine – blanchâtre, rappelant le céleri, avec une odeur désagréable. C'était bien de la ciguë aquatique. Elle détacha la tige et cacha la racine dans sa robe. Ce poison violent avait deux avantages : ses symptômes étaient moins connus que ceux de la grande ciguë, et son goût de persil le faisait passer inaperçu dans un plat.

Il avait en revanche l'inconvénient de faire vite son effet. Douleurs dans la bouche, vomissements, puis convulsions et perte de conscience. De quoi attirer l'attention. Elle devrait donc l'utiliser le soir au coucher. Alaïs serait malade dans la nuit et, comme elles dormaient dans la même chambre…

34

La surprise

Richeut et Hunold dévalèrent la pente en courant et, arrivant les premiers à leur barque, prirent la tête du convoi. Personne n'y accorda d'attention. La barque d'Évrard et Alaïs avait été colmatée avec de la mousse des marais, et le batelier assurait que c'était solide.

Les lieux étaient toujours aussi déserts, et le silence troublé seulement par le nasillement des canards. On osait à peine parler. Au détour d'un méandre, on débusqua un groupe d'hommes. Mais le temps de mettre la main à l'épée, ils s'étaient égaillés. Ce n'étaient que des paysans coupant illégalement des branches de saules pour tisser leurs paniers. Après ça, on ne vit plus personne. Malheureusement le vent était tombé, et les bateaux se traînaient.

— Dépêche-toi ! s'emporta Richeut. Il va bientôt faire nuit.

Le batelier protesta :

— Ce n'est pas ma faute, damoiselle, si vous avez voulu déjeuner à terre. Le temps est le temps, et celui qu'il faut…

— Tu n'as pas à répondre ! coupa Richeut, furieuse.

— J'expliquais juste…

— La ferme, on t'a dit ! aboya Hunold.

Ils se turent et surveillèrent les rives avec inquiétude. Pas question de passer la nuit dans les marécages, au milieu des moustiques ! Le soleil disparaissait derrière l'horizon et l'eau devenait terne et froide. Par instants, un poisson qui bondissait les faisait sursauter. Enfin Richeut s'exclama :

— Des vaches ! On arrive dans un lieu habité.

— C'est l'abbaye de Corbie, confirma le batelier.

— J'espère qu'il y a un endroit pour accoster, grogna Hunold, toujours d'une humeur exécrable.

— L'abbaye a un port, avec un ponton.

Tendue, Richeut fouilla la berge du regard, et son cœur s'arrêta. Elle en avait eu le pressentiment, IL était là ! IL les attendait ! Comment avait-il pu les trouver ?

Elle regarda la barque qui suivait. Évrard et Alaïs étaient encore trop loin pour apercevoir le port. Elle avait été bien inspirée de prendre la tête du convoi !

À peine le bateau collé au bord, elle se hissa sur le ponton et courut vers Willi.

— Que je suis heureuse de vous voir ici, Willibald ! Vous saviez que j'y arrivais ?

— On m'a dit à Quierzy que vous aviez repris la route.

— Je reviens de la cour d'Aix. C'était merveilleux !

— Et votre voyage ? demanda Willi en tentant de distinguer les occupants des autres barques. Tout s'est bien passé ?

— Les quelques incidents habituels inhérents aux déplacements. Je suis venue avec des missi, l'abbé Baudouin et le comte Évrard qui est accompagné par sa femme. Mais, j'y pense, vous la connaissez peut-être, sa femme ? Elle vivait au palais.

— Ah… Peut-être.

— Elle s'appelle Alaïs.

Willi la regarda comme si la foudre lui tombait dessus.

— Alaïs… est mariée ?

— Elle s'est mariée pendant ce voyage. Il paraît qu'elle est duchesse de je ne sais quoi et que sa simple existence représente un danger pour le royaume.

— Duchesse de Bavière, souffla Willi. Mais son existence ne représente aucun danger. Jamais elle n'accepterait de cautionner une révolte en Bavière.

— Enfin, je ne comprends rien à toutes ces histoires. En tout cas elle a jugé préférable de se marier. D'ailleurs, elle s'entend très bien avec son époux, c'est merveille de les voir ensemble.

Pétrifié, Willi leva les yeux vers la barque qui arrivait. Elle était mariée ! Mais à quoi s'attendait-il donc ? Si elle avait refusé de le suivre, ce n'était pas forcément par peur de quitter Aix !

— Je vois de grands et beaux bâtiments de pierre, messire, annonça Alaïs. Entourés de superbes prairies, avec des vaches et des moutons.

— C'est Corbie, évalua le comte avec soulagement. Nous y serons en sécurité. L'abbé Adalhard est un cousin de Charles.

— Elle semble magnifique.

— Une des plus riches. Attendez de voir le scriptorium et la bibliothèque. Les plus importants du monde chrétien ! Mon psautier[1] en vient. Un des premiers rédigés dans la nouvelle écriture caroline, si belle dans sa simplification et sa lisibilité, et in-

1. Livre contenant les Psaumes, poèmes religieux de la Bible.

ventée ici même. Et il est superbement enluminé. Je vous en ferai don pour notre mariage.

Alaïs ne sut que répondre. Malgré ses résolutions, son cœur se serra.

— Je vais vous débarquer là, déclara leur batelier en piquant droit sur la rive. Le ponton est occupé et cette berge est plus facile pour les chevaux.

Le comte demanda à voix basse :

— Alaïs, examinez la rive, je vous prie.

— Je ne vois aucun danger, messire. Juste des moines qui viennent au-devant de nous. On a dû les prévenir.

Le bateau tossa brutalement contre la berge, et les moines s'empressèrent de poser une planche de débarquement sur le plat-bord.

— La planche est assez large pour deux, chuchota Alaïs. Pour plus de sécurité, je vais vous donner le bras.

— Ce sera un plaisir, répondit le comte avec un grand sourire.

Ils passèrent la planche sans encombre et prirent pied sur la terre ferme.

— Évrard, mon ami, lança une voix. Est-ce bien vous ?

L'abbé Adalhard descendait vers eux, tendant ses deux mains vers le comte. Alaïs lâcha le bras de son futur époux et, là… Son regard se figea.

Willi !

Il lui paraissait encore plus grand, plus athlétique, plus beau qu'avant. Il avait coupé un peu ses cheveux dorés, et ça lui allait bien. Alaïs s'avança vers lui sans même en avoir conscience.

— Je suis heureuse de vous revoir, messire Willibald, dit-elle en empêchant sa voix de trembler.

Il lui adressa un sourire un peu crispé, et elle se sentit défaillir. Il était embarrassé de la rencontrer là alors qu'il allait se marier et ne pensait plus à elle ! Gêné surtout parce qu'il lui avait écrit autrefois un billet lui demandant de le suivre, et qu'il le regrettait certainement.

— Bonjour à vous, Alaïs, répondit-il en jetant un regard surpris à sa tenue.

Et sa voix lui donna des frissons. Elle se rappela qu'elle était habillée en garçon et probablement peu séduisante. Essayant de faire le vide dans son esprit, elle reprit d'un ton neutre :

— J'ignorais que vous vous trouviez à Corbie.

— Je viens d'y arriver. Je... J'avais à y faire. Je souhaite étudier les moulins à eau. Ils ont la réputation d'être beaucoup plus efficaces que les meules à main pour écraser le grain, et ceux de cette abbaye sont des plus modernes, ils possèdent plusieurs roues.

— Vous souhaitez en bâtir de semblables sur vos terres ? demanda Alaïs.

C'était comme si quelqu'un d'autre parlait par sa bouche. Elle le vouvoyait même !

— L'empereur souhaite qu'on en établisse partout, répondit Willi. La seule difficulté réside dans les écluses, qu'il faut non seulement construire, mais entretenir sans cesse.

Il se surprenait à discourir d'un ton convaincu, alors que rien de ce qu'il disait n'avait à voir avec ce qu'il aurait voulu dire. Il songeait que le costume de garçon allait très bien à Alaïs, et remarqua qu'elle portait l'épée au côté. Il ne put s'empêcher de sourire. Elle restait ce qu'elle avait toujours été, une femme étonnante. Il se reprit :

— Je voudrais m'excuser.

— De quoi ?

— Je me suis un peu ridiculisé en vous laissant ce billet avant de partir.

Il avait du mal à parler tant son cœur battait.

— Rassurez-vous, émit Alaïs, je l'ai oublié.

Et, en disant ces mots, elle aurait voulu s'enfoncer sous terre.

Willi aperçut Loup qui débarquait et la quitta aussitôt.

35

Terrible plan

— Loup ! s'exclama Willi en lui donnant une chaleureuse accolade. (Il baissa le ton.) Ton message m'a diablement inquiété.

— Merci d'être venu, chuchota Loup. J'ai vu que tu as parlé avec Alaïs.

— Oui. Et elle ne me semble plus en danger. Femme du comte Évrard…

Loup nota que Willi envisageait comme une certitude le prochain mariage d'Alaïs – qui l'arrangeait sans doute, puisque lui-même était fiancé. Inutile donc de lui apprendre qu'Alaïs n'avait pas eu son message, il était trop tard. Il insista :

— Elle reste en danger. Quelqu'un a encore essayé de l'enlever pendant la nuit. Je serais rassuré que tu finisses le voyage avec nous.

Willi acquiesça de la tête. Il fixait la rivière sans la voir. Loup précisa :

— Je n'ai rien dit aux missi…

— Rassure-toi, je ne dirai rien non plus. Je me contenterai de vous accompagner. (Il eut une grimace ironique.) D'ailleurs, je dois rentrer chez moi, non ?

Richeut se glissa entre eux.

— J'avais oublié que vous vous connaissiez ! s'exclama-t-elle avec gaieté.

Malgré la fraîcheur de la soirée, elle avait l'impression d'être en nage. Si les deux jeunes gens parlaient trop longtemps, ils finiraient par découvrir que Willi n'était pas fiancé et qu'Alaïs n'était pas mariée. Elle poursuivit en prenant Loup par le bras comme s'ils étaient intimes :

— L'abbé nous demande de ne pas rester hors de l'abbaye. Rentrons.

Elle attendit qu'ils soient entre l'hôpital et la porte de l'abbaye pour lui souffler :

— Willi a du courage, il est venu. Mais il redoute qu'Alaïs se raccroche à lui. Je l'ai rassuré en lui apprenant qu'elle est promise au comte.

— Rien n'est encore décidé.

— Pour elle si. Elle est ravie de ce mariage.

— Tu crois ?

— Elle me l'a dit. Elle est même gênée que Willibald soit ici. Elle préférerait qu'on ne parle plus du passé.

Loup haussa les épaules.

— Je n'en parlerai pas. Tout cela ne me regarde pas. Excuse-moi, j'ai encore des choses à dire à Willi.

Avec un sourire confus, il ôta de son bras la main qui s'y agrippait et fit demi-tour.

Les lèvres serrées, Richeut le regarda s'éloigner. Puis, subitement, elle se mit à courir vers l'abbaye.

Willi menait son cheval vers les écuries. Elles se trouvaient à l'extérieur des bâtiments monastiques, derrière les ateliers des menuisiers, charpentiers, maçons et tailleurs de pierre chargés des travaux d'agrandissement. Loup le rattrapa près de la forge.

— Tu ne m'as pas demandé ce que je faisais ici.

— Tu accompagnes les missi en tant que notaire, non ? (Il lui adressa un clin d'œil.) Avec la belle écriture que tu as…

— Arrête de plaisanter, grommela Loup, je suis en route pour le monastère.

— Aïe ! Ton père n'a pas cédé ?

— Mais j'ai eu une petite chance : il m'envoie à Jumièges.

— Jumièges ? (Willi réalisa.) Ah ! c'est ça, que tu voulais me dire ! Bien sûr ! Jumièges n'est pas loin de Lillebonne, je pourrais peut-être t'arranger quelque chose.

— Si tu trouves une idée…

Willi considéra un instant son vieil ami qui triturait, sans s'en apercevoir, le cadenas de la cage où étaient enfermés les outils en réparation. Un sourire amusé éclaira son visage.

— Premièrement, déclara-t-il, je te conseille de lâcher ce cadenas si tu ne veux pas être accusé de vol de métal. Deuxièmement, comme tu t'en souviens sans doute, j'écris très mal, et j'aurais bien besoin d'un notaire. Si l'abbaye me déléguait un moine, cela m'aiderait…

Un éclair de joie passa dans les yeux de Loup.

Au même instant, Richeut rejoignait les missi.

— Messires, je dois vous parler.

— Vous semblez tourmentée, damoiselle Richeut, remarqua l'abbé.

— C'est que je viens d'apercevoir le comte Willibald. J'ignore pourquoi il est là, mais il a connu Alaïs à Aix. Et il s'y trouvait au moment où l'on a découvert qu'elle était la nièce de Tassilon de Bavière.

— Que voulez-vous dire ? Qu'il est au courant de l'identité réelle de notre interprète ?

— Je le crains. De là à penser que c'est lui qui nous suit depuis le début…

— Et qui serait responsable de ce qui nous est arrivé ?

— Je ne voudrais pas l'accuser, corrigea humblement Richeut. Il n'y est peut-être pour rien.

— Il vaut quand même mieux se montrer prudent, estima Évrard.

Et tous deux s'éloignèrent en discutant à voix basse. Richeut les vit se diriger vers l'abbé Adalhard et lui parler. Malheureusement, elle n'entendait pas ce qu'ils disaient.

— Je dois vous remettre un message de l'abbaye de Fulda, annonça le comte en rejoignant Adalhard. Celle-ci vous demande d'y expédier des arbres pour faire des bateaux, et aussi des charpentiers pour enseigner à ses moines comment s'y prendre.

— Cela ne pose pas de problème, assura Adalhard. Mais vous semblez soucieux, mes amis.

— On le serait à moins, avoua l'abbé Baudouin, avec tous les ennuis qui nous sont arrivés en route… À ce propos, nous avons une requête à vous soumettre.

— Dites.

— C'est au sujet du jeune seigneur qui est arrivé juste avant nous.

— Le comte de Lillebonne ?

— Oui. Pourriez-vous lui octroyer un logement éloigné du nôtre ?

Le vieil abbé parut surpris.

— Si vous y tenez… Cependant, je dois vous informer qu'il pense repartir avec votre groupe. Aussi, s'il vous paraît indésirable, il vous faudra une bonne excuse. Que lui reprochez-vous ?

Le front de l'abbé Baudouin se barra d'un pli.

— Ma foi, rien de certain, reconnut-il.

— Comte Évrard, proposa Adalhard, si vous le souhaitez je vous mettrai près de lui à table. Vous pourrez ainsi vous faire votre idée.

Le long réfectoire était comble quand les invités y entrèrent. L'abbé Baudouin posa sur la table, devant la place de l'abbé Adalhard, deux volumes reliés de cuir en annonçant :

— Votre bien-aimé cousin Charles vous fait envoyer ceci.

— De nouveau manuscrits ?… (Les yeux brillants, Adalhard ouvrit le premier.) Dieu de bonté, les Évangiles !

— Dans une version latine vérifiée avec soin au palais, précisa Baudouin, et qui va vous permettre de corriger vos textes défaillants.

Adalhard ouvrit le second volume et s'exclama :

— Et le recueil des lois romaines et barbares !

— Celui-ci, prévint l'abbé, Charles souhaite que vous le fassiez recopier.

— Bien entendu ! Diffuser les écrits est ma mission la plus sacrée ! La science doit se répandre au plus loin de l'empire.

Debout derrière le banc où elle prendrait place, Alaïs fixait les manuscrits. L'abbé avait transporté cette richesse sur toute la route, et c'étaient son sac et sa bourse à elle qu'on avait volés…

L'abbaye était riche et, à chaque table, il y avait du pain blanc. On servit du porc salé « élevé à l'abbaye et engraissé avec les déchets de farine fournis par les moulins ». Alaïs n'eut pas à traduire, tout le monde ici parlait latin. Elle le regretta, car ça l'aurait occupée, et elle aurait eu moins de mal à s'empêcher de regarder du côté de Willi.

Willi déclara s'intéresser à ces moulins pour son propre domaine, mais il avait du mal à suivre la conversation. Le comte Évrard, l'époux d'Alaïs, ne cessait de le questionner sur son passé, sur les problèmes rencontrés dans son comté, et il dut se rendre à l'évidence : le vieux comte avait une certaine prestance et toute sa tête, il pouvait encore vivre dix ou vingt ans. Ça le désespéra.

Hunold, lui, n'écoutait rien. Tout en s'empiffrant, il réfléchissait. Ce Willi, il le détestait. Il était certain qu'il y avait eu quelque chose entre

Alaïs et lui à Aix et, avec ce Saxon dans les parages, il lui serait moins facile de mener son plan à bien. Heureusement, cette petite fouine de Richeut avait déjà obtenu – par on ne savait quelle intrigue – que Willi ne couche pas dans le même bâtiment qu'eux. Ça lui laissait les mains libres pour la nuit.

Il entendit Richeut demander la recette utilisée par l'abbaye pour préparer la cervoise, et cette subite curiosité de sa part l'intrigua. Ce vieux débris d'abbé répondit que la fabrication était un secret. Qu'on mélangeait de l'avoine avec une autre céréale[1], voilà tout ce qu'il était en droit de dévoiler. Richeut n'insista pas. Elle minauda :

— Elle est délicieuse. Pourrai-je en emporter dans ma chambre ? Il fait si chaud que je crains d'avoir soif cette nuit.

— Je donnerai l'ordre qu'on vous en fournisse, acquiesça Adalhard avec amusement. Il est rare qu'une jeune fille s'intéresse d'aussi près à nos productions.

— C'est que je suis fille de comte, expliqua Richeut, et que je serai femme de comte. Il me faudra bien aider mon époux à veiller au domaine.

— Voilà une petite personne remarquable, apprécia l'abbé.

1. Du houblon.

Et la conversation se mit à rouler sur la bonne administration d'un domaine et sur les failles que les missi avaient découvertes ici ou là. Ils ne se permettraient pas de contrôler l'abbaye d'Adalhard, mais poursuivraient leurs investigations tout de suite après. Il ne fut pas fait allusion au long détour qu'ils avaient effectué hors du territoire qui leur avait été assigné.

Richeut s'intéressait aimablement à la conversation et posait des questions dont elle n'écoutait pas la réponse. Maintenant que Willibald était là, elle ne pouvait plus attendre. Inutile de compter sur cet incapable d'Hunold. Non seulement il risquait encore de rater son coup mais, s'il réussissait, Willi pourrait bien avoir l'idée folle de se lancer à sa poursuite. Elle s'en rendait compte aux regards involontaires qu'il lançait à cette sale intrigante. Alaïs enlevée, il apprendrait qu'elle n'était pas la femme d'Évrard, et tout son plan patiemment échafaudé tomberait à l'eau.

Pour ce qui la concernait, tout était prêt. Alaïs et elle seraient seules dans la chambre, elle s'en était assurée. La cervoise, elle l'avait obtenue. Il lui serait facile de verser dans un des pots un peu de ciguë des eaux. Et, cette fois, pas question de revenir sur sa décision, quoi qu'il advienne.

36

Le goût de la cervoise

— Alors, qu'est-ce que cela t'a fait de revoir Willibald ? demanda Richeut assez fort pour qu'Alaïs ne l'entende pas triturer la serrure. Ça gâche tes souvenirs ?

Alaïs ne répondit pas.

Richeut appuya sur le denier qu'elle venait de glisser dans la fente du loquet pour le bloquer. Si l'interprète, se sentant mal, cherchait à sortir, elle ne le pourrait pas. Et comme il ferait nuit, elle ne verrait pas la pièce traîtresse. Richeut reprit :

— Ça m'est arrivé, à moi aussi, je sais ce que ça fait. Un garçon qui avait l'air amoureux de moi et tout à coup, pff… comme si je n'existais plus. Les hommes ne valent pas la peine qu'on s'y intéresse. Willibald était d'une froideur en te parlant… J'en étais malheureuse pour toi.

Comme Alaïs ne disait toujours rien, elle poursuivit :

— C'est qu'il a sans doute peur que tu t'accroches. Il ignore que tu n'es pas du genre à te ridiculiser.

Alaïs serra les lèvres. Elle en voulait un peu à Richeut de lui parler de cette manière, pourtant elle lui donnait raison. Elle ne dirait jamais à Willi qu'elle avait eu son message avec deux ans de retard. Elle ne lui dirait rien. Le mieux, d'ailleurs, était qu'elle l'évite.

— Tiens, reprit Richeut en lui tendant une cruche de cervoise, buvons pour oublier.

Alaïs sourit avec amertume.

— Je n'ai pas assez soif pour ça. (Elle prit la cruche et la déposa par terre près du lit). Je la garde pour cette nuit.

Elle s'assura en même temps que son épée était à portée de main.

— Alaïs, tu dors ?

— Quand tu arrêteras de me le demander sans cesse, j'y arriverai peut-être.

— Excuse-moi. C'est à cause du porc salé, ça me donne terriblement soif.

— Alors, bois.

— Tu n'as pas soif, toi ?

— Pas spécialement, soupira Alaïs.

Richeut se leva, but une gorgée et s'exclama :

— Oh ! Il est grand temps de la liquider, cette cervoise, elle commence à s'éventer.

— Laisse-moi dormir.

— De toute façon, le jour va bientôt se lever, non ?

Cette fois, c'était fichu, Alaïs ne pourrait plus fermer l'œil. Elle s'assit sur son lit, prit sa cruche et la porta à ses lèvres. Richeut avait raison, la cervoise commençait à s'éventer, elle avait un arrière-goût désagréable.

— Tu entends ? s'inquiéta-t-elle en tendant subitement l'oreille.

On aurait dit que quelqu'un essayait d'actionner le loquet. Pourtant la porte ne s'ouvrit pas. Alaïs posa silencieusement sa cruche, saisit son épée et s'approcha du battant.

Il y eut un nouvel essai, plus violent. Elle tâta vite la serrure pour immobiliser le loquet et, là… ses doigts rencontrèrent une pièce de monnaie. Richeut était si peureuse qu'elle avait bloqué la serrure ! Heureuse initiative. Elle perçut un juron, puis on secoua le battant avec énervement.

— Qu'est-ce que tu fais ? souffla Richeut.

Alaïs ne répondit pas. Sans bruit, elle ôta la pièce tout en maintenant le loquet immobile.

— Saleté, je t'aurai, grinça-t-on derrière la porte.

Elle assura son épée dans sa main droite, en posa la pointe au bord de la porte puis, en un éclair, entrouvrit, frappa par l'entrebâillement, retira l'épée et referma.

On entendit un cri étouffé. À tâtons, elle remit vite la pièce en place. Des pas s'éloignaient pesamment.

— Je l'ai touché, chuchota-t-elle à Richeut.

— Qui as-tu touché ? s'énerva Richeut.

— Celui qui voulait entrer.

Alaïs s'interrompit et déglutit avec difficulté. L'émotion, sans doute, l'affectait après coup. Elle reprit :

— Je ne l'ai pas frappé assez violemment pour le tuer, mais il est blessé. Demain, on saura qui c'est.

Elle porta la main à sa gorge. Elle la sentait comme enflée, sa bouche enflammée. Elle se plia en deux et, subitement, vomit sur le sol.

— Qu'est-ce qui se passe ? demanda vivement Richeut.

— Je suis plus impressionnable que je ne le croyais. Je viens de vomir.

Elle s'assit sur le lit, en proie à un terrible écœurement. Puis elle se sentit si mal qu'elle s'allongea.

— Ça ne va pas ? s'informa Richeut en contrôlant l'excitation qui montait en elle.

— Je ne me sens… pas bien. (Alaïs se redressa sur un coude.) Tu veux bien… aller chercher l'infirmier ? Je crois que j'ai été empoisonnée.

— Empoisonnée ? Mais nous avons tous mangé la même chose ! Ce doit être un simple dérangement. Reste allongée, ça va aller mieux.

Richeut sourit toute seule dans la nuit. Alaïs avait bel et bien bu sa cervoise ! Bientôt elle serait prise de convulsions, puis perdrait connaissance et ne serait plus en mesure de décrire à quiconque la succession de ses symptômes. On la trouverait victime d'*un arrêt du cœur à la suite de l'effroi provoqué par une tentative d'intrusion*. Merci Hunold, il avait fourni la plus convaincante des explications.

37

Une garde-malade attentive

Richeut sursauta. On frappait à la porte.

— Alaïs ! Richeut ! Est-ce que ça va ?

C'était la voix de Willi. Heureusement, Alaïs en avait fini avec les convulsions qui l'avaient secouée et ne bougeait plus. Richeut entrouvrit la porte :

— Qu'est-ce qui se passe ?

— Tout est normal, chez vous ?

— C'est gentil de vous inquiéter pour moi, Willibald, mais que voulez-vous qu'il arrive à l'intérieur d'une abbaye ?

— À la lueur de la lune, j'ai vu une ombre longer le promenoir. J'ai eu peur qu'elle ne vienne d'ici.

— Je croyais que vous logiez dans un autre bâtiment.

— J'y ai ma chambre, répliqua Willi, cependant personne ne m'a ordonné d'y coucher.

Richeut tenta de sourire.

— Eh bien, vous pouvez retourner dormir sur vos deux oreilles.

Willi hésita un instant.

— Je suis voisin du fournil, et le frère boulanger doit cuire cinq cents pains avant le matin. Je ne pourrai pas me rendormir. (Il maintint du pied la porte que Richeut repoussait.) Il y a une drôle d'odeur, chez vous. Quelqu'un a vomi ? (Il appela.) Alaïs, tout va bien ?

Il n'y eut aucune réponse. Il s'alarma :

— Elle est malade ?

— Elle a un peu trop bu hier soir. Il vaut mieux vous en aller, elle n'a pas envie qu'on la voie dans cet état.

Sans tenir compte de cet avis, Willi ouvrit la porte de force et entra.

— Ôtez le volet, ordonna-t-il.

Et, à la lueur de la lune, il se pencha sur le lit.

— Elle va très mal ! On dirait qu'elle a perdu connaissance !

— Mais non, elle dort. Se reposer est ce qu'elle a de mieux à faire.

Willi sembla ne pas entendre. Il souleva Alaïs dans ses bras et sortit dans le cloître en criant :

— Infirmier ! Infirmier ! Réveillez le frère infirmier tout de suite !

— Vous allez la sauver ? demanda Willi, le souffle court.

Depuis qu'il avait déposé Alaïs dans la pièce de l'infirmerie réservée aux hôtes de marque, elle n'avait pas fait un mouvement. Le frère infirmier, qui venait d'arriver, se redressa et plissa un front soucieux.

— Comment cela a-t-il commencé ? Quels ont été les premiers symptômes ?

Willi se tourna vers Richeut qui semblait déchirée de voir son amie dans cet état.

— Quelqu'un a essayé d'entrer chez nous, expliqua-t-elle. Alaïs a eu très peur. Elle s'est levée, puis je l'ai entendue vomir. J'ai pensé qu'elle avait trop mangé hier soir et que l'émotion avait tout fait remonter. Ensuite, j'ai cru qu'elle s'était rendormie. Heureusement que le seigneur Willibald s'est inquiété, je me serais sentie responsable de sa mort.

L'infirmier secoua la tête.

— Il ne s'agirait donc pas d'un empoisonnement… (Il se pencha sur la malade.) Hélas, un mal qui se déclare à la quatrième lune est plus difficile à guérir.

— Vous ne pourrez pas la guérir ? s'informa Richeut avec une tristesse ostentatoire.

— Il est trop tôt pour le dire. Elle a perdu connaissance, néanmoins elle ne se trouve pas encore dans cet état de torpeur qui annonce la mort.

Richeut en fut abasourdie. Alaïs n'avait pas eu le temps d'ingurgiter assez de poison à cause de l'intervention d'Hunold !... Et Willi qui se penchait sur elle, le visage tourmenté, en lui murmurant de revenir à elle ! C'en était trop. Ses mains se crispèrent et elle se mit à hurler sans plus pouvoir se contrôler.

Le moine se précipita pour la faire taire.

— Allons, rien n'est encore perdu. Je vous en prie, vous perturbez la malade plus que vous ne l'aidez.

— Elle tente d'ouvrir les yeux, souffla Willi. (Il se redressa.) Je vais prévenir le comte Évrard.

Réalisant soudain ce qui risquait de se passer si Willibald parlait au comte de « son épouse », Richeut se calma net :

— Laissez, j'y vais. Cela va me faire du bien. Et les missi pourraient se demander ce que vous faites là au moment où, justement, Alaïs est au plus mal.

Les yeux de Willi se durcirent.

— Que voulez-vous dire ? Vous ne croyez tout de même pas...

— Ce que je crois n'a pour eux aucune importance. Quelqu'un a essayé d'entrer chez nous cette nuit et *vous* apparaissez comme par hasard. On pourrait jaser.

Willi la regarda avec stupéfaction.

— Rassurez-vous, reprit-elle d'une voix enjôleuse. Je sais que vous n'y êtes pour rien. Je dirai que c'est moi qui ai donné l'alerte et que je vous ai rencontré alors que vous vous rendiez à l'office de prime [1].

— Vous mentiriez pour moi ?

— J'irais en enfer pour vous. N'est-ce pas mon rôle de future épouse ? (Elle lui adressa un clin d'œil amusé.) Je peux beaucoup, mais peut-être pas tout. Aussi, il vaut sans doute mieux que vous n'approchiez plus d'Alaïs.

Elle conclut par un sourire charmeur, et Willi la regarda qui s'éloignait d'un pas dansant.

Les missi prévenus, Richeut revint vite à sa chambre, vida la cruche d'Alaïs par la fenêtre puis cacha dans sa robe le reste de ciguë. Il fallait qu'elle retrouve son calme. La colère était mauvaise conseillère.

Qu'elle se maîtrise, mais qu'elle ne perde plus un instant. Il était urgent d'en finir. Elle revint en courant vers l'infirmerie.

— Comment va-t-elle ? interrogea-t-elle d'un air soucieux.

— Je lui ai administré une saignée, répondit l'infirmier.

1. Au lever du soleil.

Une saignée ! Même si le moine n'avait comme explication qu'un malaise émotif, le traitement qu'il avait appliqué convenait aussi à un empoisonnement !

La malade était pâle comme la mort. Richeut se pencha sur elle avec un ostensible mélange d'anxiété et d'affection.

— Vaquez à vos occupations, déclara-t-elle, je la veillerai.

— Je suis désolé, répondit le frère infirmier, mais vous ne pouvez rester. J'ai des instructions précises. Il semble que la damoiselle ne soit pas en sécurité, et les missi interdisent toute visite.

— Mais cela ne vaut pas pour moi qui suis son amie !

— Il n'y a aucune exception, décréta le moine. Je ne veux personne dans cette pièce.

Refoulant la rage qui lui tordait le cœur, Richeut reprit vite le masque de l'inquiétude pour *sa meilleure amie* qui était entre la vie et la mort. Puis, craignant que la haine ne se lise malgré tout dans ses yeux, elle ressortit très vite. Si la saignée faisait de l'effet, il lui faudrait trouver d'urgence une autre idée. Elle porta la main au poignard glissé dans sa ceinture.

38

Les secrets de l'infirmerie

— Richeut ! souffla Hunold.

Il l'attrapa par le bras et l'entraîna dans la première salle ouverte sur le cloître. Elle n'était occupée que par de grandes pièces de lard qui pendaient aux poutres. Il reprit en chuchotant :

— Il paraît qu'Alaïs est malade.

Lui aussi était souffrant. La blessure à son flanc l'élançait douloureusement, mais il ne devait rien laisser paraître.

— Elle est inconsciente, répondit Richeut. (Elle eut un regard ironique.) À cause de quelqu'un qui a essayé d'entrer dans notre chambre cette nuit. Tu ne sais rien à ce sujet ?

— Comment saurais-je quelque chose ? Je loge de l'autre côté. Et Alaïs, qu'est-ce qu'elle en dit ?

— D’émotion, elle a été prise d’un malaise et n’a plus prononcé un mot.

Hunold respira mieux. Personne ne savait donc qu’elle avait blessé son agresseur. La voix de Loup les interrompit :

— Qu’est-ce que vous faites là ? Je vous cherchais.

Il avait un air soupçonneux. Richeut en déduisit qu’il croyait à un tête-à-tête amoureux et en était jaloux. Il reprit :

— Est-ce qu’on part ce matin ?

Il semblait ignorer les événements de la nuit.

— On ne sait pas, lâcha Hunold.

— Je voudrais savoir si j’ai le temps de parler de leur verger avec les jardiniers.

— Tu as tout le temps, déclara Richeut, on ne partira pas avant l’enterrement d’Alaïs.

Loup la fixa avec stupeur, puis il ouvrit la bouche comme s’il manquait d’air.

— Je veux la voir ! cria Loup.

— Personne n’entre, martela l’infirmier en obstruant la porte de son corps.

— Mais je suis son ami !

— Décidément, elle a beaucoup d’amis. Et, pourtant, elle a été empoisonnée.

— Emp…

— Ciguë des eaux. Sa compagne de chambre n'a pas perçu de convulsions, mais il faisait nuit et elle dormait. Elle a pu ne pas y prêter attention.

— Alaïs a été empoisonnée ? répéta Loup, comme assommé.

Puis il réagit :

— Y a-t-il dans votre abbaye d'autres voyageurs que nous ? Des gens que vous ne connaissez pas ?

— Il y a... le comte Willibald, nota l'infirmier.

— Ce n'est pas lui. Personne d'autre ?

— Personne.

Loup en resta suffoqué. Dans ce cas, le coupable était quelqu'un de leur groupe...

Les missi ! Ils avaient été chargés en toute discrétion de se débarrasser d'Alaïs et de la menace qu'elle faisait peser sur l'empire ! Bien sûr ! Eux seuls avaient intérêt à sa disparition, et cette histoire de mariage n'était destinée qu'à tromper le monde. L'affolement le prit.

— Ne... Ne laissez personne entrer, je vous en supplie.

— C'est ce que je fais, ironisa l'infirmier.

— Même l'abbé Baudouin et le comte Évrard.

L'infirmier eut un sourire moqueur.

— Bien, messire. Je vais certainement obéir à vos ordres plutôt qu'à ceux des chefs de cette délégation.

Loup resta un moment atterré, puis il réalisa que, dans son émotion, il avait oublié qu'il devait occuper l'infirmier le plus longtemps possible.

— Comment agit ce poison ? demanda-t-il. Je vais bientôt entrer à l'abbaye de Jumièges et j'aimerais y devenir infirmier…

Willi accrocha ses deux mains à la barre de fer du volet, au-dessus de la fenêtre, et se projeta dans la pièce. Il entendait Loup et l'infirmier qui discutaient de l'autre côté de la porte. Il s'approcha silencieusement d'Alaïs et examina son visage. Son cœur se serra. Elle était encore plus belle que…

Il se reprit. Il ne devait pas se laisser aller aux regrets. Il lui saisit le poignet avec douceur et compta les battements. Son pouls était calme et régulier. Elle n'avait pas repris connaissance, mais respirait normalement. Son mari n'était pas là à la veiller et, ça, il ne le comprenait pas. Lui il aurait…

Mais ce n'était pas le sujet.

Il sentit soudain un mouvement sur sa paume. Elle bougeait ! Elle ouvrait les yeux !

— Je…, souffla-t-elle en le découvrant. Que…

— Chut ! fit-il en lui posant un doigt sur les lèvres. Vous êtes vivante !

— Je… ne devrais pas l'être ? (Elle plissa les yeux, comme si elle tentait de se souvenir.) Qu'est-ce qui s'est passé ?

— Je ne sais pas. Quelqu'un a essayé de pénétrer dans votre chambre, mais il n'a pas réussi.

— Je me rappelle, oui, je l'ai blessé. (Son regard s'anima.) Y a-t-il un blessé au monastère ? Je voterais volontiers pour Hunold.

— Je suis désolé, il ne semble pas l'être. Qui a pu s'attaquer à vous, Alaïs ? C'est encore à cause de cette histoire de Bavière ?

— Ma mort arrangerait beaucoup de monde...

— Elle en attristerait beaucoup aussi.

— Qui ?

— Au moins votre mari. Et Loup. Et moi.

Alaïs hocha la tête et regarda dehors. Willi envisageait visiblement son futur mariage sans réticence. Elle chuchota enfin :

— J'ai peur d'avoir été empoisonnée.

Willi hocha la tête.

— C'est aussi ce que je crains. Alaïs, je vous supplie de ne plus rien manger qui ne vous ait été donné soit par Loup, soit par moi. Malheureusement, pour ce qui me concerne, ce sera difficile. Je ne peux pas vous approcher, les missi se méfient de moi.

Elle haussa les sourcils.

— À ce propos, que faites-vous ici ?

— Je ne sais pourquoi, répondit Willi avec un sourire moqueur, ça m'ennuyait que vous mouriez toute seule dans votre coin.

Elle ne put s'empêcher de sourire aussi. Elle avait l'impression de le retrouver comme avant.

— Et puis je me suis souvenu, reprit Willi, que je ne vous avais pas demandé de nouvelles d'Abul Abaz. Je ne pouvais pas vous laisser mourir sans savoir.

— C'eût été ennuyeux, en effet, répondit Alaïs sur le même ton. Notre ami l'éléphant va très bien.

Elle se sentit transpercée par la chaleur de ses yeux. Elle poursuivit :

— Vous lui avez tout de même beaucoup manqué. Il vous appelait à tout instant. Il n'arrivait pas à vous oublier. J'étais obligée d'aller lui parler de vous sans cesse.

Willi sourit jusqu'au fond des yeux.

— Comment savez-vous que c'est moi qu'il appelait ?

— Dans ses barrissements, j'entendais parfaitement votre nom.

Willi examina un instant son visage et il souffla :

— Dans le billet que je vous avais laissé…

— Willi, je n'ai pas eu…

La porte s'ouvrit et le comte Évrard entra. Un poids s'abattit sur la poitrine d'Alaïs.

— … le temps de vous répondre, finit-elle dans un souffle.

— Vous allez mieux ! s'exclama le comte. Vous parlez !

Alaïs regarda autour d'elle. Willi avait disparu sans que la mauvaise vue du comte ait décelé sa présence ni sa fuite.

Elle serra les lèvres. Dieu veillait sur elle. Il l'avait empêché de dire à Willi qu'elle n'avait pas reçu son message le jour où il l'avait écrit, ce qui l'aurait conduit à avouer aussi que, deux ans après, c'est à cause de lui qu'elle était venue. Alors qu'ils s'apprêtaient l'un et l'autre à se marier.

39

Le poignard

Loup avait fait le tour des bâtiments en courant et s'était posté près de la fenêtre de l'infirmerie. Il n'entendait pas ce qui se disait mais, lorsque le comte Évrard proposa à Alaïs un gobelet d'eau, elle refusa. Il respira mieux. Enfin le comte quitta la pièce.

— Qu'est-ce que tu fais là ?

Loup sursauta. Richeut se tenait derrière lui.

— Je surveille, chuchota-t-il. Alaïs est en danger.

— À l'infirmerie ?

— Partout. As-tu une idée de qui cherche à lui nuire ?

— Ma foi…, fit Richeut d'un air effaré.

— Ce sont les missi !

— Hein ?

— Qui d'autre y aurait intérêt ? Je suis sûr que, dès le départ, ils avaient des ordres à son sujet. S'ils s'apercevaient qu'elle courait le danger d'être enlevée, ils devaient l'éliminer. Dans le dernier message de Charles, il était question de mariage, c'est pour ça qu'ils m'ont laissé le lire. Seulement c'était le message officiel, il y avait d'autres ordres, à décrypter entre les lignes, et qui étaient de l'empoisonner !

— Mais elle n'a pas été empoisonnée ! protesta Richeut.

— Si, l'infirmier en est persuadé.

Richeut resta un moment pétrifiée, puis elle dit :

— Ça se tient. Il faut ouvrir l'œil. Je te relaie pour la surveillance, si tu veux.

— D'accord. Je n'ai pas encore déjeuné.

Elle le regarda partir, l'œil dur et sec. Elle glissa un regard dans la chambre. Alaïs semblait assoupie. Elle s'assura que son poignard était bien coincé dans sa ceinture, prit appui sur le rebord de la fenêtre et, se hissant, y posa un genou.

Elle redégringola aussitôt à l'extérieur, le cœur battant la chamade. L'abbé Baudouin venait d'entrer dans la chambre.

— On me dit que vous êtes hors de danger, damoiselle Alaïs. Vous m'en voyez très soulagé.

Nous avons beaucoup prié pour vous. Mais je doute qu'il s'agisse d'un empoisonnement à la ciguë des eaux, comme le croit l'infirmier, car cela vous aurait menée droit à la mort.

Il hocha la tête avec hésitation avant de reprendre :

— Depuis que vous êtes vêtue en garçon, bien des malheurs sont arrivés. (Il souleva son bras cassé comme exemple.) Dieu est peut-être mécontent. Vous remettrez donc la robe qu'on vous a donnée à Quierzy. Vous sentez-vous assez forte pour partir demain ?

Un peu sidérée, Alaïs souffla :

— Oui. Vous avez déjà perdu trop de temps à cause de moi.

— Nous allons vous marier au plus vite, et tout rentrera dans l'ordre.

Sur ces mots, l'abbé entassa sur son bras la tunique, les braies et le gilet qu'elle avait portés jusque-là, et sortit en concluant :

— Je vais rendre ça à Loup et vous faire apporter votre robe par votre amie.

Richeut quitta vite son poste d'observation et regagna le cloître en courant.

Hélas ! Le comte Évrard s'était déjà proposé de porter lui-même la robe à sa future épouse. Ça la fit enrager. Surtout que, après ça, Loup reprit son poste sous la fenêtre. Elle s'enferma dans sa chambre et traça du bout de son poignard des signes de malédiction sur le sol tout autour du lit d'Alaïs.

Le lendemain matin, Loup fut appelé par le chef jardinier qui voulait lui confier des graines de poireau à faire parvenir à Jumièges. Au moment où il glissait le sachet dans l'espace ménagé entre les deux épaisseurs du gilet de loutre que lui avait rendu l'abbé, il sentit un morceau de parchemin. Il l'extirpa de sa cachette et y lut : « Veillez sur ma route et ma destinée. »

Cela aurait pu être une prière d'Alaïs, seulement ce n'était pas son écriture.

Il étudia chaque mot, avec l'impression qu'il connaissait pourtant cette façon de tracer les lettres...

Il regarda autour de lui. Alaïs, encore très pâle, se tenait près de son cheval, surveillant le palefrenier de l'abbaye pendant qu'il sanglait la selle. Elle avait raison de se méfier : une courroie mal serrée, et c'était l'accident. Il marcha vers elle. Au passage, il entendit le comte Évrard qui disait à Willi :

— Puisque vous nous accompagnez, vous fermerez la marche pour protéger nos arrières.

« Et resterez ainsi le plus loin possible de l'interprète », songea Loup en rejoignant Alaïs.

— J'ai trouvé ça dans le gilet que je t'avais prêté, lui dit-il. Ça t'appartient, je pense.

La jeune fille jeta un regard sur le parchemin.

— Ah oui, je me rappelle. C'est un billet pour conjurer les sorts. Richeut l'avait coincé dans un tronc. Je ne sais pourquoi je l'ai récupéré, je n'aurais pas dû. Mais que Richeut s'inquiète à ce point pour son avenir m'avait tellement étonnée…

Loup eut un sourire.

— Alors, elle n'est pas aussi heureuse d'épouser ce vieux comte très riche qu'elle le prétend !

Pourquoi en était-il content ? Richeut ne serait de toute façon pas pour lui, puisqu'il allait devenir moine… Il rendit le billet à Alaïs qui le cacha dans sa robe.

— Tu n'as vu aucun blessé ? lui chuchota-t-elle.

— Non. Si les missi veulent se débarrasser de toi, ils ne se sont pas impliqués personnellement, tu penses, ils ont payé quelqu'un pour le faire !

Alaïs tomba des nues.

— Les missi ?

— À cheval ! lança le comte. Nous partons. Alaïs venez auprès de moi, si vous le voulez bien. Je tiens à ce qu'il ne vous arrive rien.

Loup jeta à Alaïs un coup d'œil anxieux. Puis il récupéra son cheval et prit place derrière elle.

Il fut aussitôt rejoint par Richeut, qui regardait vers le comte avec une haine qui le toucha. Elle aimait beaucoup Alaïs et craignait pour elle, c'était clair. Il fut heureux de l'avoir mise dans la confidence, elle protégerait son amie.

Loup lui lança un regard en biais, et son cœur soupira. Il la trouvait chaque jour plus jolie.

L'abbé Baudouin se posta derrière eux – sans doute pour surveiller son monde – et l'escorte prit position autour, Willi fermant la marche.

Alaïs ne croyait pas aux conclusions de Loup. Le comte voulait l'épouser, et elle était sûre de sa sincérité. D'autant qu'il avait besoin d'elle. Elle ne put s'empêcher de tourner la tête et de s'assurer de la présence de Willi. Puis elle laissa errer son regard pour donner le change et c'est là qu'elle remarqua une absence.

— Où est Hunold ?

— Il nous a quittés, répondit Évrard. Les terres de son père, le comte Hugobert, jouxtent celles de cette abbaye. (Il eut un rictus ironique.) Pour moi, il va prévenir de notre arrivée et faire masquer au plus vite les irrégularités de la comptabilité. Malheureusement pour lui, nous n'avons pas perdu notre journée d'hier, nous savons déjà au sujet d'Hugobert ce qu'il y a à savoir. Sa tendance à monnayer ses faveurs, en particulier. Une coupe d'or ornée de pierres précieuses contre la dispense du service armé, par exemple…

— Vous reprenez donc vos inspections ici ? s'enquit Alaïs.

— Je sais ce qui vous inquiète, la rassura le comte. Vous avez hâte d'arriver à Jumièges et que nous nous marions pour vous mettre à l'abri. Rassurez-vous, nous irons vite. Nous nous contenterons, dans un premier temps, de faire prêter les serments. Nous avons envoyé des courriers afin que tout soit prêt à notre arrivée. Nous procéderons aux contrôles financiers au retour.

Loup, qui avait suivi la conversation, fut subitement frappé par une révélation, et il en resta pantois. Il savait où il avait déjà vu l'écriture du parchemin récupéré par Alaïs !

40

Stupéfiante révélation

C'étaient les mots « prêter les serments » qui avaient mis Loup sur la voie. La main qui avait écrit « Je jure de ne pas aider la damoiselle Alaïs, nièce de l'ancien duc Tassilon… » était la même que celle qui avait rédigé l'invocation du petit parchemin !

La main de Richeut.

Il tombait des nues. Pourquoi avait-elle ajouté ça au serment ?

Et comment connaissait-elle la véritable identité d'Alaïs, alors qu'à ce moment lui-même l'ignorait ?

Il tourna la tête. Elle était en train de discuter avec Alaïs en riant. Ce qu'elle avait fait ne partait certainement pas d'une mauvaise intention, car elle aimait beaucoup Alaïs.

Il rongea son frein en attendant de pouvoir parler à Richeut en aparté.

— Tu le savais, toi, qu'Alaïs était duchesse ?

N'ayant aucune idée de la raison pour laquelle Loup posait la question, Richeut ne résista pas à la tentation de se mettre en avant :

— Bien sûr, l'empereur me l'avait dit.

— À toi ?

— Il se méfiait et m'a donné mission de veiller sur elle.

— À toi ?

— Cesse de répéter « à toi » ! Qu'est-ce qui t'étonne ?

— C'est que... Si tu étais la seule d'entre nous à le savoir, qui d'autre aurait pu écrire la phrase en bas du serment ?

Richeut eut un instant d'hébétude, puis elle déclara :

— C'est pour que vous soyez tous au courant, et qu'elle soit bien protégée. Elle avait déjà failli se faire enlever et personne n'avait compris que ce n'était pas un hasard.

— Mais te rends-tu compte que tu as averti en même temps toutes les personnes présentes ? Que c'est peut-être ça qui a provoqué les autres agressions et cet empoisonnement ?

— Je n'y avais pas pensé. Je suis désolée. Si j'avais pu imaginer…

Elle cacha son visage dans ses mains et se mit à sangloter. Loup eut pitié :

— Calme-toi. On n'y peut plus rien, maintenant.

— Me calmer ? Mais si tout le monde apprend ça…

— Je ne dirai rien, promit Loup.

Richeut baissa la tête pour que Loup ne remarque pas qu'aucune larme ne coulait. Cet imbécile était amoureux d'elle, il ne parlerait pas.

Au soir, on arriva chez le comte Hugobert. Un serviteur les informa que celui-ci ne pouvait les accueillir, étant parti avec sa dame pour l'ost de l'empereur.

— Nous le savons, répondit le comte Évrard. Le jeune Hunold nous recevra.

— Hélas, messires, le fils du comte est au plus mal.

— Un empoisonnement ? s'inquiéta aussitôt l'abbé.

— Non, c'est sa blessure qui s'est infectée.

La surprise se lut sur le visage des missi. Craignant le pire, le comte s'informa :

— Il s'est fait agresser ? Quand ?

— Le jeune maître est courageux, il ne veut pas qu'on en parle, mais sa blessure date de deux ou trois jours. Un coup de lame dans le bras.

En voyant Willi entrer dans sa chambre, Hunold eut, sur son lit, un mouvement de recul. Le Saxon l'avait toujours impressionné et, à cet instant, son regard lui faisait même peur.

— Messire Hunold, grinça le nouvel arrivant d'un ton de mauvais augure. Ainsi vous êtes blessé…

— Un accident.

— Oui, en tentant d'entrer chez une jeune fille. Après lui avoir fait ingurgiter du poison pour qu'elle n'oppose pas de résistance.

— Qu'est-ce que…

Le blessé reçut un coup sec sur son pansement taché de sang et poussa un cri.

— Tu n'as pas tenté de forcer sa porte ? demanda aimablement Willi.

— Je… (Hunold vit le poing fermé se rapprocher de sa blessure.) Je… J'ai voulu entrer, oui, mais je ne l'ai pas empoisonnée !

— Ah oui ? Qui lui aurait donné du poison, alors ?

— Pas moi ! Je ne l'aurais pas empoisonnée, je voulais l'enlever pour l'épouser !

Willi haussa les sourcils.

— L'épouser ? Une femme mariée ?

— Alaïs ? Elle n'est pas mariée !

Willi accusa le coup.

— Alaïs n'est pas l'épouse du comte Évrard ?

— Pas encore, bredouilla Hunold en tentant de s'écarter. Il faut d'abord faire les vérifications de parenté.

La porte s'ouvrit en grand et l'abbé s'y encadra.

— Messire Hunold ! C'est donc vous qui avez tenté d'enlever Alaïs ? (Il se gonfla de colère.) Pour prendre possession du trône de Bavière !

— Non, non, protesta Hunold affolé. Je ne connais personne en Bavière… Non, je voulais juste épouser Alaïs pour que l'empereur me donne un comté. Je vous le jure ! Je vous le jure !

Willi n'entendait plus rien. Alaïs n'était pas mariée et elle ne lui en avait rien dit. Elle préférait sans doute qu'il le croie pour l'empêcher de lui faire des avances. Assommé, il quitta la pièce.

Il fut vite rejoint par Baudouin, qui l'interpella :

— Je peux vous demander ce que vous faisiez chez Hunold ?

— La même chose que vous, messire abbé. J'ai trouvé curieux qu'il ait été blessé pendant qu'il était avec nous et n'en ait averti personne.

Willi regrettait un peu que les missi soient innocents. Il aurait eu plaisir à éliminer du paysage le futur époux d'Alaïs. L'abbé s'emporta :

— Quand je pense que c'est lui qui a cherché à l'enlever, qui a semé la terreur parmi nous !

— Il prétend qu'il n'est pas coupable des empoisonnements.

— Bien sûr ! Un enlèvement, des blessures (il montra son bras), il peut les avouer ! Des empoisonnements lui coûteraient la vie. Il connaît la loi. Mais l'empereur en sera informé, croyez-moi. (Il regarda subitement Willi.) Vous saviez donc que notre interprète avait blessé son agresseur ?

Willi eut un rictus ironique.

— Quoi que vous en pensiez, je suis le plus sûr ami d'Alaïs. Nous nous connaissons depuis longtemps, et c'est en déjouant le piège dans lequel elle allait tomber au palais d'Aix que j'ai gagné la confiance de l'empereur [1].

L'abbé le regarda avec des yeux ronds.

— Vous me raconterez cela en chemin, voulez-vous ?

L'abbé songea que cet entretien avec le comte Willibald l'avait bien intéressé. Néanmoins, étant donné ce qui était arrivé au palais, il en voulait un

1. Voir le tome 1, *Meurtre au palais*.

peu à l'empereur de ne pas leur avoir révélé qui était Alaïs. Puis il songea que, s'ils ne l'avaient jamais appris, ils ne se seraient pas sottement engouffrés sur la fausse piste des Bavarois sans comprendre que le coupable était parmi eux.

En tout cas, les « intuitions » de la damoiselle Richeut étaient à prendre avec réserve. Le comte Willibald n'avait rien à voir avec l'affaire, et elle n'avait pas détecté le véritable coupable, Hunold, qui était pourtant là depuis le début !

Il se sentait tour à tour envahi par la colère et le soulagement. Malgré tout, le cauchemar était fini.

Il regarda autour de lui. Les champs étaient entourés de clôtures mobiles et les maisons de haies épineuses. On craignait ici les animaux errants et les bandits. Des femmes qui revenaient de la forêt avec des fagots leur indiquèrent la demeure du centenier. Il était trop tard pour le serment, mais ils y coucheraient.

La maison était confortable, et on prit possession des chambres avant de redescendre pour le repas. Tandis que viande et légumes finissaient de cuire dans le chaudron accroché au-dessus d'un foyer dallé, le centenier expliqua qu'il aurait besoin d'aide pour administrer cette partie du comté – histoire sans doute de s'excuser d'avance de tout ce qui n'était pas conforme aux directives de l'empereur.

Au moment de passer à table, pour épargner leur odorat, il fit ôter les chandelles de suif et ordonna qu'on remplisse les lampes d'huile. Une lumière tremblotante éclaira les convives, leur donnant une étrange présence. Tous semblaient rayonner d'une force intérieure, c'est l'impression qu'il en eut. Il poursuivit :

— Et nous avons beaucoup à faire en justice, car nos forêts sont hantées par les bandits.

— Vous attrapez les malfaiteurs en si grand nombre que vos tribunaux en sont encombrés, s'étonna l'abbé ?

— Ce n'est pas ça. C'est que, dérobant les récoltes, ils appauvrissent effroyablement le pays. Un pays vidé de ses réserves est un pays qui ne peut nourrir ses enfants. Et nous avons sans cesse à juger des femmes qui prennent des herbes ou d'autres produits pour éviter les naissances.

Willi n'écoutait que d'une oreille distraite. Lui aussi avait remarqué que, dans cette lumière pleine de magie, une vie profonde semblait émaner de chacun. Ses yeux passaient de Richeut à Alaïs, d'Alaïs à Richeut. L'abbé rappela la loi :

— « La mère qui tue l'enfant qu'elle porte avant qu'il ait atteint son quarantième jour jeûnera pendant un an. Après le quarantième jour, elle jeûnera pendant trois ans. »

— Sans compter, reprit le centenier, les parents qui étouffent leur enfant entre eux dans le lit en prétendant qu'il s'agit d'un accident.

— Dans ce cas, s'emporta l'abbé, conseillez-leur d'abandonner leur enfant plutôt que de le tuer et de s'exposer ainsi à la damnation éternelle !

La conversation se fit générale, et Willi en profita pour se pencher vers Loup.

— Dis-moi, Richeut est-elle au courant de… de l'affection qui m'unissait à Alaïs au temps d'Aix ?

Loup réfléchit. Hunold l'avait effectivement évoquée pour se moquer d'Alaïs.

— Elle le sait. Pourquoi me demandes-tu ça ?

Willi ne répondit pas. Il caressait d'un air distrait la barbe claire qui se dessinait sur son menton.

Finalement, au moment où ils montaient se coucher, il souffla à Richeut :

— Si tu as peur, tu peux venir dormir chez moi, je suis seul dans ma chambre.

41

L'œil à tout

Willi s'assit sur le lit de Loup, qui sursauta de frayeur.

— Ah ! C'est toi ! Tu m'as fait une de ces peurs !

— Excuse-moi, j'ai une question à te poser.

— À cette heure-ci ?

— Le coq a chanté, je te signale. Je voulais te parler de Richeut. Que sais-tu d'elle ?

— Euh… J'aurais dû te prévenir. Il est un peu douteux qu'elle ait accepté de coucher chez toi, parce qu'elle va bientôt se marier.

— Ah ? Et avec qui ?

— Avec un vieux comte très riche.

— Un vieux comte très riche…, répéta Willi avec un demi-sourire.

— Il possède les terres voisines de celles de son père. Un mariage intéressant, surtout si l'empereur rend les comtés héréditaires.

Willi demeura pensif. Voilà qui confirmait ses soupçons. Apprenant qu'Alaïs et lui avaient été très proches, Richeut avait eu peur qu'ils ne se plaisent de nouveau et que cela nuise à ses projets. Elle avait menti sur la personne qu'elle comptait épouser, menti aussi sur le mariage d'Alaïs. Car c'est elle, il s'en souvenait parfaitement, qui lui avait affirmé qu'elle était mariée !

Hunold n'était-il pour rien dans les empoisonnements ? Willi aurait voulu se tromper, mais Richeut avait été élevée par une nourrice qui s'y connaissait fort bien en plantes et passait pour sorcière…

Richeut se redressa sur son matelas. Le jour se levait à peine et Willi n'était déjà plus là ! Il lui avait laissé le lit et s'était contenté d'une paillasse devant la porte. Ce n'est pas ce qu'elle avait espéré. Il avait sans doute voulu lui montrer qu'il la respectait en tant que future épouse.

Elle aurait au moins souhaité qu'il la réveille par un baiser… Au lieu de ça, il s'était éclipsé sans un bruit pour ne pas la déranger. Il était vraiment trop prévenant !

Elle espérait néanmoins que, après cette nuit, il annoncerait officiellement leurs fiançailles. Ça la consolerait d'avoir dû renoncer à partager la chambre d'Alaïs, perdant ainsi une chance de la supprimer.

Elle se leva, soudain excitée à l'idée d'apprendre à Alaïs où elle avait passé la nuit. Elle bondit à la porte. Le loquet était bloqué ! Elle secoua le battant, et il finit par s'ouvrir. Willibald était là.

— Vous m'aviez enfermée ? Vous croyez que je cours un danger en votre absence ?

— On ne sait jamais, répondit Willi. Une aussi jolie fille, cela peut attirer les convoitises.

Elle eut un sourire heureux, lui posa un rapide baiser sur la joue et s'éloigna de son pas dansant.

— Tu sais où j'ai dormi ? lança-t-elle en entrant dans la chambre d'Alaïs.

— Je me suis inquiétée de ne pas te voir.

— J'ai dormi chez mon fiancé ! Tu comprends, en public il ne peut me toucher et ça le ronge. Alors il m'a demandé de partager son lit cette nuit.

— Ton fiancé est ici ?

— Bien sûr, puisque c'est Willibald ! (Elle jubilait.) Tu es étonnée, évidemment. Je n'ai pas voulu te le dire pour ne pas te faire de peine, mais tu l'aurais forcément appris un jour ou l'autre.

Alaïs eut un pénible sourire. Ainsi, c'était la raison pour laquelle Willi était là. Comment avait-elle été assez sotte pour ne pas le deviner ?

— Cela ne me fait pas de peine, dit-elle d'une voix neutre. Je suis heureuse pour toi.

Ils ne poursuivirent pas par le fleuve, Richeut le trouvait trop rapide et avait peur que le clapot ne la rende malade. Elle redoutait surtout que Willibald ne se retrouve dans la même barque qu'Alaïs mais, bien sûr, personne n'avait à le savoir. Alaïs ferait les quatre lieues qui les séparaient d'Amiens aux côtés du comte et, selon ses engagements, Willi se tiendrait à l'arrière pour parer aux attaques de brigands qui infestaient la région. Elle était tranquille pour un petit moment.

Willi, lui, craignait pire que les bandits. Il ne quittait pas Richeut des yeux. Il enrageait. Pour tout. Et encore plus de ne pas pouvoir la dénoncer. Sans preuve, nul ne le croirait, surtout après les aveux d'Hunold. Et ses ruses continueraient à constituer un danger mortel pour Alaïs.

Il enrageait aussi de n'avoir pas reçu le message de Loup plus tôt. Alors il se serait proposé comme époux. Maintenant, seuls les missi pouvaient décider du mariage, et le vieux comte n'accepterait jamais de renoncer.

Et puis, une fois déjà, elle avait refusé de le suivre…

Il ne fallait pas avoir de regrets. Il l'accompagnerait jusqu'à ce qu'elle soit en sécurité et, pour cela, il lui suffisait de laisser Richeut croire qu'il rêvait de l'épouser, elle.

Richeut rayonnait. Willi lui avait demandé de venir près de lui, et ils avaient effectué tout le chemin côte à côte. Quand ils progressaient sur les passages en terre, au milieu des marais, il la faisait passer juste devant lui pour la garder en sécurité. Au franchissement d'un ruisseau, il lui avait même offert des iris d'eau tranchés d'un adroit coup d'épée.

— Nous arrivons à Amiens, annonça enfin l'abbé. C'est ici que saint Martin, du temps qu'il était soldat, a coupé son manteau en deux pour en donner la moitié à un mendiant qui avait froid.

Le comte plissa les yeux pour tenter de distinguer la ville. Le soleil qui se reflétait sur l'eau le gênait terriblement.

— On aperçoit une cathédrale en bois et une grande forteresse, lui expliqua Alaïs.

— Parfait, s'exclama le comte à voix haute. Je vois qu'ils ont poursuivi la fortification du vieux castel romain et de l'amphithéâtre.

Richeut se tourna vers Willi. Elle voulait lui dire qu'ils pourraient s'inspirer de cette magnifique forteresse pour leur propre domaine, mais il ne la regardait pas. Il regardait Alaïs. Et ce qu'elle vit dans ses yeux lui cloua le cœur.

Pendant le séjour à l'évêché, Richeut se montra aimable, enjouée. Et pourtant, elle ne cessait de se répéter que tant qu'Alaïs resterait en vie, elle ne pourrait pas respirer.

Les missi ne s'attardèrent pas en vérifications, même si l'abbé trouvait que les clercs avaient vraiment trop bien chanté à la cathédrale, et soupçonnait l'évêque de les choisir sur leur voix plutôt que sur leur foi. On s'en occuperait au retour.

Le comte, lui, avait hâte d'arriver à Jumièges pour régler son mariage. Il ne voulait pas se souvenir que celui-ci n'était plus aussi urgent puisque, les Bavarois n'étant pas coupables des tentatives d'enlèvement, rien n'indiquait qu'Alaïs soit encore en danger. On reprit rapidement la route.

42

Les remous de la rivière

Willi se dressa sur ses étriers pour regarder devant. On allait passer un gué qu'il connaissait bien, très dangereux en cette saison où la rivière gonflait. À l'aller déjà, il lui avait posé problème. Et la situation avait empiré : le gué avait complètement disparu sous les eaux. En revanche, un passeur avait tendu une corde entre les deux rives et profitait de l'aubaine pour offrir ses services aux voyageurs.

Assez périlleux tout de même, ce passage. La rivière était déchaînée et charriait dans ses eaux boueuses des branches et des cadavres de moutons fauchés sur les prairies, qui risquaient à tout moment de renverser la barque.

Comme on ne pouvait faire passer ensemble que deux chevaux et leurs cavaliers, le comte désigna d'abord deux hommes d'escorte pour assurer la sécurité de l'autre côté. Ils embarquèrent, suivis par tous les yeux.

Leur traversée se déroula sans accroc, et l'on se rassura. Le passeur revenait, quand Willi se rappela le problème qu'un vieil évêque lui avait posé, à la table de l'empereur : un homme doit transporter de l'autre côté d'une rivière un loup, une chèvre et un chou. Or son bateau ne peut contenir que deux d'entre eux… L'oppression le reprit.

— Les femmes d'abord ! annonça Richeut du ton de la plaisanterie.

Willi protesta :

— Je préférerais que vous passiez avec moi, ma douce. Si la barque chavirait… Je tiens à être avec vous, vous comprenez ?

Elle eut un sourire aimable.

— Je comprends. Mais je souhaite me montrer digne de vous. (Elle saisit le cheval d'Alaïs par les rênes.) Viens, montrons que les filles sont les plus courageuses.

Et elle descendit sur la berge. L'abbé s'amusa :

— Je vous croyais sujette au mal de l'eau.

— Justement, je préfère ne pas attendre, ça me donnerait encore plus d'angoisses.

— Attendez ! s'exclama Willi. Je vais embarquer avec vous.

Richeut rit :

— Je sais que vous ne pouvez plus vous passer de moi, mais votre rôle est de protéger nos arrières, et l'amour ne doit pas vous détourner de votre devoir.

— C'est juste, confirma le comte. Ne changeons rien à notre dispositif de sécurité.

Malade d'inquiétude, Willi ne put que suivre des yeux la barque qui s'éloignait. Tous ses muscles étaient tendus à faire mal. Richeut était assise à l'arrière, Alaïs au milieu. Le passeur guidait sa barque le long du cordage et il peinait, car le courant était fort. Alaïs finit par se lever pour l'aider.

— Attention…, murmura involontairement Willi.

Le souffle court, il ne quittait pas la barque des yeux. Elle se trouvait maintenant au milieu du courant, où les remous étaient plus forts, mais elle était solidement accrochée au cordage, il l'avait vérifié. Cela n'empêcha pas Richeut de se mettre à hurler d'une voix perçante :

— Aaah ! Aaah ! Aaah !

— « Les plus courageuses », oui, ricana le comte. Cette fille, je plains celui qui l'épousera. La dernière fois qu'elle nous a joué cette scène, elle a failli finir dans le vide, et Alaïs avec elle.

Willi sentit son cœur s'arrêter. S'il s'était écouté, il se serait jeté à l'eau pour les rejoindre. Il suivit leur progression avec une angoisse grandissante.

Et, soudain, ce fut le passeur qui poussa un cri. Il n'y avait plus que Richeut dans la barque !

Willi s'élança sur la berge et, sans l'ombre d'une hésitation, plongea. Alaïs était emportée ! À grands mouvements de bras, il fendit le courant.

Il entendit de nouveau les hurlements de Richeut, mais ne s'en occupa pas. Pas même quand elle cria :

— Willibald ! Willibald ! À mon secours, je me noie !

Elle était peut-être aussi tombée dans la rivière, cependant elle n'était sûrement pas en péril, pour ça il lui faisait confiance. Il brassait l'eau de toutes ses forces en tentant de ne pas perdre de vue la tête d'Alaïs.

— Mon Dieu ! s'exclama l'abbé. Richeut ne me semble pas en danger, mais notre interprète est emportée par le courant.

— Où ? s'affola le comte.

— Regardez sa tête, là.

Le comte Évrard ne la distinguait évidemment pas. Affolé, il descendit sur la berge et se mit à l'eau avec pourtant la claire conscience qu'il ne pourrait rien faire.

— Attention aux troncs qui dérivent ! lui cria l'abbé.

Plus loin vers le couchant, Willi se battait pour utiliser au mieux la vitesse du fleuve. Il avait l'impression qu'Alaïs s'était reprise et parvenait maintenant à se battre contre le flot pour se rapprocher de la rive. Jugeant qu'il avait atteint un courant favorable, il se laissa emporter et arriva d'un coup sur elle. Il la saisit par la taille, se redressa avec force pour opposer le plus de résistance possible au fleuve, et luttant de tout son corps, progressa vers la berge sans la lâcher.

Ils reprirent pieds à trois brasses de la berge, au bord de l'asphyxie, enlacés, boueux et dégoulinants. Alors Willi ne pensa plus à rien, il la serra contre lui et l'embrassa comme un fou.

— Alaïs… Alaïs.

Ils firent encore quelques pas en titubant et s'affalèrent, sans forces, dans la vase.

— Alaïs…

Willi ne pouvait s'arrêter de la couvrir de baisers. Ses yeux, ses cheveux, sa bouche, il la serrait dans ses bras pour ne plus jamais la laisser s'échapper.

— Alaïs… Pourquoi ?… Pourquoi as-tu refusé de venir avec moi quand je te l'ai demandé au palais ?

La jeune fille avait du mal à reprendre son souffle. Elle glissa les mains dans les cheveux trempés de Willi.

— Je… serais venue. D'ailleurs, tu vois, je suis venue. Ton message, Grifon ne me l'a pas remis. Je l'ai découvert il y a peu. (Elle s'écarta doucement.) Mais tu es fiancé…

Willi lui essuya le visage avec amour. Elle était venue pour lui !

— Fiancé ? (Il rit.) Et avec qui ?

— Avec Richeut.

— Oh ! s'exclama Willi en recommençant à l'embrasser.

Et il riait, riait. Il aurait dû hurler contre Richeut, mais il ne pouvait même pas. Ils étaient là, tous les deux, sales, ruisselants, et il n'avait jamais été aussi heureux de sa vie.

Il en avait oublié le comte Évrard.

43

La résolution

— Vous êtes sauve, damoiselle Alaïs ! s'exclama l'abbé en se précipitant.

— Que s'est-il passé ? cria Loup, encore effaré.

— Richeut m'a poussée à l'eau.

— Accidentellement, n'est-ce pas ? fit l'abbé, interloqué.

Alaïs souleva la main qu'elle pressait contre son flanc.

— Je ne crois pas…

— Tu es blessée ? s'inquiéta Willi.

— Ce n'est rien. Juste une coupure. Le poignard a dérapé sur une côte.

— Le poignard ? souffla l'abbé, de plus en plus ahuri. Elle a réellement voulu vous tuer ?

— Réellement, je le crains, répondit Alaïs.

Et, tandis que Willi dégageait avec douceur le tissu pour examiner la plaie, elle poursuivit :

— C'est déjà arrivé sur le pont, rappelez-vous. J'avais voulu croire à un accident, cependant… (Elle regarda sa blessure.)

— Richeut ? murmura Loup, suffoqué. C'est elle qui avait écrit au bas du serment… Pour te protéger, m'a-t-elle dit !

— Et je suis sûr qu'elle est responsable des empoisonnements, affirma Willi. Hunold a agressé Alaïs, tenté de l'enlever, mais il n'est pas coupable du reste.

— Et mon bras cassé ? demanda l'abbé.

— C'est moi qui étais visée, expliqua Alaïs, je venais juste de m'écarter.

Loup intervint :

— Le paysan avait dit vrai. Hunold, Richeut et moi arrivions bien derrière lui, seulement j'étais persuadé qu'il inventait le reste. Richeut a fait un mouvement, c'est sûr. J'ai cru que c'était pour le retenir. Jamais je n'aurais imaginé qu'elle manigançait des horreurs pareilles ! Elle est…

— Si jolie, grinça Willi.

Le souffle court, l'abbé émit :

— Elle a été cause que nous avons condamné un innocent. Que Dieu nous le pardonne !… Mais pourquoi ? Pourquoi ?

— Pour des raisons sentimentales qui risquent de vous échapper, soupira Alaïs.

— Et d'intérêt, nuança Willi. Si je n'étais pas comte de Lillebonne, je ne suis pas certain qu'elle me trouverait aussi attirant.

Alaïs regarda soudain autour d'elle avec inquiétude.

— Où est le comte Évrard ?

— Il a plongé pour tenter de vous sauver, expliqua Baudouin. Il vous aura sans doute vue ressortir de l'eau et va revenir.

— Mon Dieu, non ! Il n'y voit pas assez pour ça ! Mon Dieu ! (Alaïs courut le long de la berge.) Comte Évrard ! Comte Évrard !

On retrouva le corps du vieux comte échoué sur la berge dans un enchevêtrement de branches charriées par le courant. Malgré son courage, il n'avait pu les éviter. Alaïs lui ferma les yeux, et on resta longtemps à prier autour de sa dépouille. Enfin, l'abbé déclara :

— Nous devons retourner à Corbie, auprès de son ami Adalhard. C'est là qu'Évrard aurait aimé être enterré.

— Et Richeut ? interrogea Loup.

Ils levèrent la tête. La fille du comte Rigulf était toujours sur l'autre rive, à les attendre.

— Ce qui me met le plus en colère, gronda l'abbé, c'est que nous ne pourrons rien prouver. Même pas qu'elle a poussé Alaïs, puisque la victime est le seul témoin !

Le passeur revenait, à la fois soulagé et anxieux.

— Je ne comprends pas ce qui a pu se passer, je vous le jure. Je suis heureux que vous vous en soyez tirée, damoiselle. Maintenant, vous allez être effrayée d'avoir à retraverser.

— Nous ne traversons pas, annonça l'abbé. (Il regarda avec sévérité la rive d'en face.) Vous, si. Voici un denier pour payer votre travail. Vous irez dire à la damoiselle qui se trouve sur l'autre rive qu'elle se débrouille pour poursuivre seule son chemin. Elle a deux gardes. Par égard pour son père, nous les lui laissons, et c'est déjà trop bon de notre part.

Un peu sidéré, le passeur regarda la pièce de monnaie, hocha la tête et remonta dans sa barque.

— Que faire, maintenant ? s'inquiéta l'abbé. Les ordres de Charles étaient de marier la nièce de Tassilon au plus tôt, mais les événements ont pris une nouvelle tournure dont il ignore tout. Un mariage n'est plus aussi urgent, et je me demande si, dans ces conditions, nous ne pourrions pas surseoir à ses ordres.

— N'en faites rien, s'opposa Willi.

— C'est que le comte est mort, et…

— Je suis libre, moi, je peux épouser Alaïs.

— Mon Dieu, souffla l'abbé. (Il tira Willi à part.) Cette jeune fille est charmante, mais porte malheur, je le crains.

C'était plutôt Richeut, qui portait malheur ! Willi prit un air sérieux.

— Pour servir l'empereur, je suis prêt à tous les sacrifices.

Alaïs s'approcha et posa la main sur son épaule.

— Je pense pouvoir me sacrifier aussi.

L'abbé parut un moment soulagé, puis une barre plissa de nouveau son front.

— Il nous faudrait vérifier votre parentèle.

Willi entoura de son bras la taille d'Alaïs.

— Je suis saxon, fils de Wilpert, cousin du grand chef Widukind. Elle est Alaïs, nièce de Tassilon de Bavière. Nos ancêtres viennent de lignées très différentes, de peuples différents. Nous n'avons rien en commun. (Il la serra contre lui et baissa la voix.) Nous avons tout en commun.

— Dans ce cas, décréta l'abbé pour qui un mariage n'était guère qu'un arrangement fructueux, je propose de célébrer les noces à notre passage à la cathédrale d'Amiens. (Il bougonna.) Au moins, ils ont de bons choristes !

Willi et Alaïs se regardèrent et se sourirent.

— Dépêchons-nous de repartir, décréta l'abbé, il faut arriver avant la nuit.

Mais leurs yeux ne parvenaient pas à se lâcher, et ils n'entendaient plus rien.

Pour en savoir plus

– **Les comtes**

L'empire, immense, était divisé en comtés, vastes territoires gouvernés par des comtes.

À cette époque, cette charge n'était pas héréditaire, ce qui explique qu'Hunold ne puisse succéder à son père.

– **Les missi dominici** = les envoyés du Seigneur

Ils étaient chargés de contrôler la gestion des territoires, et de faire passer les instructions. L'empereur les envoyait le plus souvent par équipes de deux : un missus civil et un religieux. Ils avaient pour mission de faire prêter le serment, de vérifier les comptes et le bon versement des impôts, mais aussi de diffuser les nouvelles instructions. Par exemple celles du *Capitulaire De Villis* (qui organisait la vie sur les domaines), du *Mandement sur l'instruction* (qui réglementait l'enseignement), etc.

– **Les voyages** n'étaient pas de tout repos. Routes en mauvais état, pas de panneaux pour indiquer la direction et encore moins de GPS. On se trouvait sans cesse face à des rivières, il y avait peu de ponts pour les traverser et, malheureusement, très souvent en mauvais état. On devait chercher un gué, mais le passage restait souvent périlleux.

– **Condeloc** apparaît dans les textes comme un marchand breton, qui va vendre sa cire jusque dans la région de Tours. On ne sait rien d'autre de lui.

– **Les abbayes**, même très éloignées l'une de l'autre, entretenaient entre elles des rapports réguliers et faisaient des échanges de manuscrits, de matériaux, de végétaux et de techniques. Il en est de célèbres : Fulda, Saint-Gall, Corbie…

On a conservé plusieurs textes concernant **Corbie** : on connaît en particulier son scriptorium, ses moulins, son hôpital… À cette époque, **Adalhard**, cousin de Charlemagne, en était l'abbé.

– **Les villes** sont assez mal connues (on y trouve plus de ruines gallo-romaines que carolingiennes). Sur certaines, on n'a que des détails :

Amiens était un évêché et possédait donc une cathédrale, Valenciennes avait un palais pour accueillir de grandes assemblées, le droit de frapper monnaie, etc.

– **Le palais de Quierzy**

Il reste peu de vestiges, mais on peut voir le plan du palais en le survolant, car – fait assez rare – aucun autre bâtiment n'a été construit sur son emplacement.

Charles Martel y est mort en 741. Celui qui « a arrêté les Arabes à Poitiers » n'était pas roi, mais le « maire du palais ». Ce titre lui donnait plus de pouvoir sur le royaume franc que le roi lui-même (qui appartenait à la dynastie des Mérovingiens). Par la suite, sa famille (la dynastie carolingienne) prit carrément le pouvoir en la personne de son fils, Pépin le Bref, père de Charlemagne, qui fut couronné roi.

EMPIRE DE CHARLEMAGNE

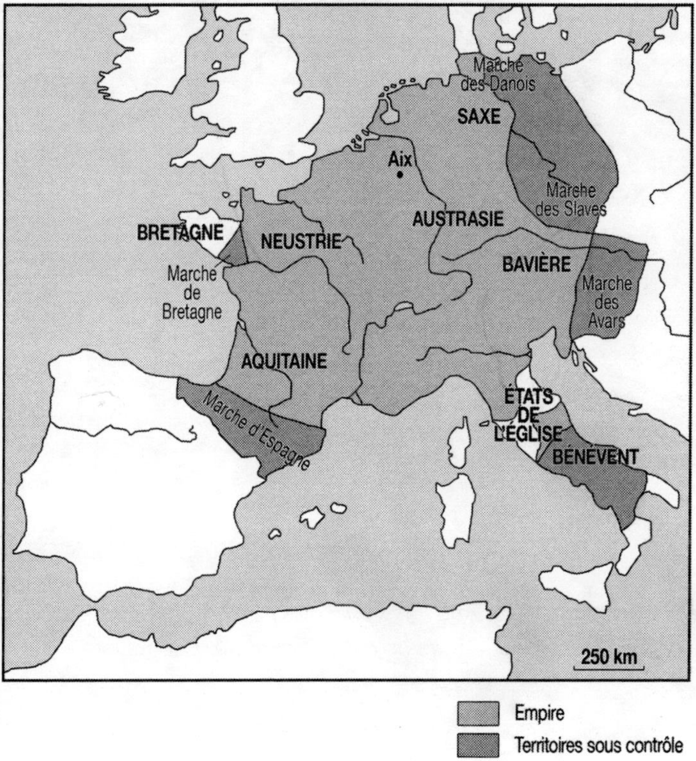

Itinéraire des missi dominici

Aix-la-Chapelle

↓

Valenciennes

↓

Saint-Quentin

↓

Quierzy

↓ (Chelles)

Péronne

↓

Corbie

↓

Amiens

(Rouen)
(Lillebonne)

Table des matières

Composition : Francisco *Compo*
61290 Longny-au-Perche

Impression réalisée sur Presse Offset par

CPI
Brodard & Taupin

La Flèche (Sarthe), le 19-09-2007
N° d'impression : 41884

Dépôt légal : octobre 2007

Imprimé en France

POCKET jeunesse

12, avenue d'Italie

75627 PARIS Cedex 13